緋色の研究

コナン・ドイル
駒月雅子＝訳

角川文庫 17277

A STUDY IN SCARLET

1887 by Sir Arthur Conan Doyle

緋《ひ》色《いろ》の研究　目次

〈主な登場人物〉

スタンフォード　大学時代のワトスンの助手
トバイアス・グレグスン　警部
レストレイド　警部
イーノック・J・ドレッバー　遺体で発見されたアメリカ人
ジョゼフ・スタンガスン　ドレッバーの個人秘書
ジョン・ランス　巡査。事件の第一発見者
シャルパンティエ夫人　下宿の経営者
アーサー・シャルパンティエ　その息子。海軍中尉
アリス・シャルパンティエ　アーサーの妹
ジョン・フェリア　ソルトレイク・シティの住人
ルーシー・フェリア　ジョンの養女
ジェファースン・ホープ　ルーシーの婚約者
ジョン・H・ワトスン　元陸軍医師。医学博士
シャーロック・ホームズ　名探偵

第Ⅰ部　元陸軍医師ジョン・H・ワトスン博士の回想録より

第1章　シャーロック・ホームズという人物

私は一八七八年にロンドン大学で医学博士号を取得したあと、ネトリー陸軍病院に移って軍医になるための研修を受けた。課程修了後は軍医補として第五ノーサンバランド・フュージリア連隊へ配属されることが決まり、ここまでは順調に事が運んだ。大変なのはそれからだった。当時、同連隊はインドに駐屯していたが、私がまだ入営しないうちに第二次アフガン戦争が勃発《ぼっぱつ》してしまったのだ。ムンバイの地に降り立ったときには、連隊はすでに山岳地帯へ進軍を開始し、早くも敵陣の奥深く攻め入っていると知らされた。私はそれでもくじけず、同様に取り残されていた将校たちと一緒にあとを追った。そして無事にカンダハルに達すると、連隊と首尾よく合流を果たし、さっそく新しい任務に就いたのだった。

その戦争では、武勲を立てて昇進を手にした軍人が大勢いたというのに、私は不運と災難にばかり見舞われた。途中でバークシャー連隊へ転属となり、あの壮絶きわまるマイワンドの戦闘に臨んだのが運の尽きだった。激戦のさなか敵のジェザイル弾を肩に食らって、骨が砕けたばかりか鎖骨下動脈にまで損傷を受け、残忍なイスラム兵の手に落ちるのを待つばかりとなった。それほどの危機に瀕《ひん》しても生き延びたのは、ひとえに私の当番兵マリーの勇敢で献身的な行動のおかげである。彼は私を担ぎあげて荷馬に乗せ、イギリス軍のもとへ連れ帰ってくれたのだ。

激痛に憔悴《しょうすい》し、たび重なる苦難で体力を消耗していた私は、ほかの多数の負傷兵たちとともに戦線から離され、ペシャワール基地の野戦病院へ収容された。その後は少しずつ快方に向かい、病棟内を歩きまわったり、ときにはベランダで日光浴ができるまでになった。ところがその矢先、今度はわが国によるインド統治の報いであろうか腸チフスにやられてしまった。危篤に陥って何ヶ月も生死の境をさまよった末、ようやく回復の兆しが見えたものの、あまりに衰弱が激しかったため、医務局は一刻も早くイギリスへ送還すべきだと判断した。かくして私は兵員輸送船オロンテーズ号に乗せられ、一ヶ月後、ポーツマス港で再び母国の土を踏んだのだった。しかし健康状態は最悪で、もはや回復不能ではないかと思われた。療養に努めるようにと、温情あふれる政府が九ヶ月間の休暇を認めてくれたのがせめてもの救いだった。

イギリスに戻っても友人や親類は一人もいなかったから、私は空気のように自由だった——といっても、一日あたり十一シリング六ペンスという軍の給料でまかなえる範囲での自由だが。そういった事情で、私は吸い寄せられるがごとくロンドンへ向かった。大英帝国の隅々から暇をもてあました有象無象が流れこんでくる、巨大な汚水溜《だ》めともいうべき大都会へ。ロンドンに着くと、ストランド街にある個人経営の小さなホテルに滞在し、しばらくのあいだなにをするでもなく無味乾燥なわびしい日々を送りながら、分不相応に金を浪費していた。手もとが心細くなってからようやく、このままではまずい、残された道は都会暮らしをやめて田舎へ引っこむか、生活を徹底的に切り詰めるかのどちらかだと気づいた。結局、選んだのは後者だった。まずは宿泊しているホテルを引きはらって、もっと質素で安いところへ移ることにした。

まさにそう決心した日、〈クライテリオン・バー〉で飲んでいると、後ろから誰かにぽんと肩をたたかれた。振り向いたとたん、スタンフォードの姿が目に飛びこんできた。大学時代にセント・バーソロミュー病院での実習で私の手術助手を務めてくれていた青年だ。荒涼たる大平原のようなロンドンで懐かしい顔に会えるのは、孤独な人間にすれば望外の幸せである。スタンフォードとは親友と呼べるほど近しい間柄ではなかったが、興奮もあらわに親しみをこめて挨拶《あいさつ》した。彼のほうも嬉《うれ》しそうだった。私は喜びではちきれんばかりになって、高級レストランの〈ホルボーン〉で昼食でもどうかと誘い、さっそく二人して辻《つじ》馬車に乗りこんだ。

「ワトスンさん、どこでどうしていたんですか？」混雑した街路を馬車に揺られながら、スタンフォードはさも不思議そうに尋ねた。「こんなに痩《や》せ細って、しかもだいぶ日に焼けていますね」

私は戦場での命がけの冒険をかいつまんで説明したが、語り終えたのはもうじき目的地に到着するというときだった。

「それはお気の毒に！」私の不運を知って、スタンフォードは同情に満ちた声で言った。「で、いまはなにをしているんですか？」

「下宿探しだよ」私は答えた。「家賃が手頃で、住みやすい部屋はないものかと、探しまわっているところなんだ」

「奇妙な偶然ですね」スタンフォードは驚いた。「今日、ぼくにそういう話をするのは、ワトスンさんで二人目なんですよ」

「一人目は誰だい？」私は訊《き》いた。

「うちの病院の化学実験室で研究をやっている男です。今朝会ったときに言ってましたよ。いい下宿を見つけたんだが、あいにく同居してくれる人がなかなか見つからないって。そこは家賃が高くて、一人で払っていくのは無理だから、誰か折半してくれる人を探しているんだそうです」

「だったら渡りに船だ！」思わず声が高くなった。「その人が部屋と家賃を本気で誰かと分け合うつもりなら、ぼくは持って来いの相手だよ。こっちも一人暮らしより同居人がいてくれたほうがありがたい」

スタンフォードはワイングラス越しに意味ありげな視線を送ってよこした。「ワトスンさんはシャーロック・ホームズがどんな人物かまだ知りませんからね。四六時中あの男のそばにいるのは、けっこう骨が折れると思いますよ」

「どうしてだい？　そんなにいけ好かないやつなのか？」

「いや、そうではないんですが、考えることがちょっと変わってましてね。科学の特定の分野にかなりのめりこんでいるんですよ。まあ、ぼくが見るかぎりでは、まずまず立派な人物といえますが」

「医学生なんだろう？」

「それが、ちがうんです。正直言って、なにが目標なのか見当もつきません。解剖学に精通していて、化学者としての力量はぬきんでていますが、医学を体系的に学んだことはないようですね。研究内容は実に気まぐれで、ほとんど常軌を逸しているほどなのに、教授陣が舌を巻くような珍しい知識を豊富にそなえているんです」

「なにが目標なのか、本人にじかに尋ねてみたことはないのかい？」

「ありません。素直に答えてくれるような相手じゃないんですよ。もっとも、気が向いたときはぺらぺらとよくしゃべるんですがね」

「会ってみたいな、その男に」私は言った。「ひとつ屋根の下で暮らすなら、勉強熱心で物静かな相手がいい。まだ体調が思わしくないから、大騒ぎや過度の興奮は身体にさわりそうなんだ。どちらもアフガニスタンでしこたま味わわされて、もうたくさんという気分だしね。きみのその友人には、どうやったら会えるんだい？」

「いまなら実験室にいると思いますよ」スタンフォードは言った。「何週間も姿を見せないこともあれば、朝から晩まで実験室に閉じこもりっぱなしのこともあるんです。どうでしょう、食事のあとに行ってみませんか？」

「ああ、そうしよう」私はそう答え、話題は自然と別のことへ移った。

レストランを出て病院へ向かう道すがら、私が同居しようと考えている紳士について、スタンフォードからもう少し詳しく聞かせてもらった。

「もし彼とうまく行かなかったとしても、ぼくを責めないでくださいよ」スタンフォードは言った。「実験室でたまに顔を合わせる程度なので、彼がどんな人間か深く知ってるわけじゃないんです。ワトスンさんのたっての希望とあれば橋渡し役はしますが、結果については責任を持てませんよ」

「うまく行かなければ、別れればいいさ。だけどスタンフォード君」私は彼の顔に視線をひたと据えた。「その口ぶりからすると、どうやらこの件に深入りしたくない特別な理由がありそうだね。いったいなんだい？　とんでもなく気性の荒い男なのか？　まわりくどい言い方はなしにして、はっきり教えてくれよ」

「それが、難しくてどう言い表わせばいいかわからないんですよ」スタンフォードは苦笑いした。「ホームズという男は、ぼくから見ると科学にひどく凝り固まっていて――冷血に感じられるほどなんです。最新の植物性アルカロイドを友人に一服盛るくらいのことは平気でやりかねません。もちろん悪意からではなく、効き目を正確に調べたいという純粋な探究心からでしょうがね。誤解のないよう言っておきますと、あの男なら迷わず自分で飲んでしまうことだってありえます。正確無比な知識を得ることに尋常でない熱意を傾けてるんです」

「けっこうなことじゃないか」

「でも、限度というものがありますからね。解剖室の遺体をステッキで殴りつけるなんて、とても正気の沙汰《さた》とは思えませんよ」

「殴りつける？　遺体を？」

「ええ。死後に打撲の痣《あざ》がどれくらいできるかを調べるためらしいですよ。ぼくはその場面を実際にこの目で見ました」

「彼は医学生ではないんだったね？」

「そのとおりです。いったいなんの研究をしているやら、さっぱりわかりません。さあ、着きました。どういう人物なのかは、じかに会ってご自身で判断してください」

スタンフォードが話しているあいだに、私たちは細い脇道に折れて小さな裏口を通り抜け、大病院の翼棟へ入っていった。私にとってはなじみのある場所なので、勝手はわかっていた。案内されるまでもなく殺風景な石の階段を上り、白い漆喰《しっくい》の壁に灰褐色のドアが奥へ向かってずらりと並んでいる長い廊下を進んでいった。突きあたりのすぐ手前で、天井の低いアーチ形の通路に枝分かれし、その先は化学実験室に通じていた。

実験室は天井が非常に高く、無数の瓶があっちでは整然と並べられ、こっちでは雑然と散らばっていた。部屋の方々に大きな低い実験用のテーブルがあり、その上にはピペットや試験管、青い炎がちらちら揺れるブンゼン・バーナーなどが乱雑に置いてある。室内にいるのはたった一人だけで、奥のテーブルにかがみこんで実験に没頭している様子だったが、私たちの足音を耳にしたのだろう、ちらりとこっちを振り向いて、歓声とともに勢いよく立ちあがった。

「やった！　ついにやったぞ！」スタンフォードに向かって叫ぶと、男は試験管を手に私たちのほうへ駆け寄ってきた。「発見したんだ。ヘモグロビンによって沈殿する、いや、ヘモグロビンでないと沈殿しない試薬を！」たとえ金鉱を掘りあてた者でも、これほど嬉々《きき》とした表情はできないだろう。

「ホームズ、こちらはワトスン博士だ。ワトスンさん、シャーロック・ホームズ君です」スタンフォードが私たちを引き合わせた。

「初めまして」ホームズは誠意のこもった口調で言い、外見に似合わぬ強い力で私の手を握りしめた。「アフガニスタンに行っていましたね」

「えっ、どうしてそれを？」私は啞然《あぜん》とした。

「たいしたことじゃありません」ホームズはくすくす笑いながら言った。「それよりもヘモグロビンだ。この発見がいかに重大かは説明するまでもないでしょう？」

「たしかに興味深いですね。研究としては」私は答えた。「しかし実用面では――」

「ちょっと待った。これは近年まれに見る、きわめて実用的な法医学上の発見ですよ。血《けつ》痕《こん》かどうかを判定するための絶対確実な手段なんですから。こっちへ来てください、実際にお目にかけましょう！」ホームズは私の上着の袖《そで》をぎゅっとつかみ、作業をしているテーブルへ引っ張っていった。

「新たに採血します」そう言うなり、彼は自分の指に太い大針を突き刺し、あふれ出た血をピペットで吸い取った。「では、この少量の血液を一リットルの水に溶かします。ほら、見たところ普通の水と変わりありませんね？　含まれる血液の割合はせいぜい百万分の一程度です。ところが、こんなわずかな量でも、はっきりと独特の反応を起こすんですよ」

ホームズは容器に白い結晶をいくつか放りこんで、あとから透明な液体を数滴垂らした。たちまち水は鈍い赤褐色を帯び、ガラス容器の底に茶色っぽい澱《おり》が沈殿した。

「よし、いいぞ！」ホームズは得意げに言って、新しいおもちゃをもらった子供のように手をたたいて喜んだ。「さあ、どうです？」

「反応が明瞭《めいりょう》ですね」私は感想を述べた。

「ああ、すばらしい！　なんてすばらしいんだ！　従来のグアヤク試験法は手間ばかりかかって全然あてになりませんでした。顕微鏡で血球を探すなんていう方法も然《しか》りです。数時間経過した血痕にはてんで役に立ちませんからね。ところがこの検査法は、血が新しかろうが古かろうが確実に反応するんです。これがもっと早く発見されていたら、いま大手を振って歩いている連中だって、刑務所送りになっていたかもしれません」

「まったくだ！」私はつぶやいた。

「犯罪事件では、往々にしてこの点が勝負の分かれ目になるんです。事件発生から何ヶ月も経ったあとに容疑者が浮かんだとしましょう。その男の肌着や服を調べたら、茶色っぽいしみが発見された。血痕か？　泥のはねか？　それとも錆《さ》びの汚れ？　果物の汁？　いったいなんだ？　この問題に多くの専門家が頭を悩ませてきました。なぜならば、信頼できる検査法がなかったからです。だがこれからは、このシャーロック・ホームズ検査法がある。もう心配無用ですよ」

ホームズは目をきらきらさせて言ったあと、拍手喝采《かっさい》の聴衆を前にしているかのように、胸に手を当ててお辞儀をした。

「それはおめでとう」私はホームズの意気込みにすっかり気圧《けお》された。

「昨年、フランクフルトでフォン・ビショフ事件というのが起きました。僕の検査法があれば、あの男はまちがいなく絞首刑でしたよ。ほかにはブラッドフォードのメイスン、名うての悪党マラー、モンペリエのルフェーヴル、それからニュー・オーリンズのサムスンなど、この検査法が決め手となって有罪判決を受けたはずの輩《やから》は枚挙にいとまがありません」

「さしずめ、歩く犯罪事典だな」スタンフォードが笑った。「その分野で新聞を発行したらどうだい？『犯罪実録ニュース』とでも銘打って」

「本当にそんな新聞があったら、さぞかしおもしろいだろうな」とシャーロック・ホームズは答え、指の刺し傷に小さな絆創膏《ばんそうこう》を貼った。「用心しないとね」私に笑顔を向けて続けた。「しょっちゅう毒物を扱うから」そう言いながら彼が私に向かって差しだした手には、似たような小さな絆創膏が斑点《はんてん》のようにいくつも貼ってあり、皮膚は薬品の強い酸のために変色していた。

「ホームズ、実は話があって来たんだ」スタンフォードは背の高い三脚スツールに腰かけ、私のほうへ別のスツールを足で押しやった。「ワトスンさんは下宿を探しているそうだ。ちょうどきみも家賃を折半してくれる相手がいなくて困ってただろう？　だから、紹介しようと思ってね」

シャーロック・ホームズは私と部屋を共同で借りる案に乗り気のようだった。「ベイカー街にこれはと思う部屋を見つけたんですよ。僕らにはぴったりだと思うな。強い煙草の匂いは気になりますか？」

「いいえ、ぼくも〈シップス〉を吸っていますから」私は答えた。

「だったら問題ない。あと、僕は化学薬品を部屋に置いて、たまに実験をやるんですが、そういうのは迷惑ですか？」

「ちっともかまいませんよ」

「じゃあ、ええと——ほかになにがあったかな、僕の欠点は。ああ、そうだ、たまにふさぎこむことがあって、何日も口をきかなくなります。でも怒っているわけじゃないので、気にせず放っておいてください。じきにもとに戻りますから。きみのほうはどうです？　白状することはありませんか？　一緒に住むとなれば、互いの欠点をしっかり把握しておいていますからね」

そんなふうに尋問口調で訊《き》かれ、私は思わず笑った。「ブルドッグの子犬を飼っています。それから、神経がまいっているので騒音は困りますね。起床時間は不規則で、かなりの無精者です。元気なときなら短所はまだいくらでもありますが、さしあたってはこれくらいかな」

「ヴァイオリンを弾くのは、きみにとって騒音なんだろうか？」ホームズは気遣わしげに訊いた。

「弾く人によります。上手な人の演奏なら至福の調べでしょうが、下手な人だと……」

「ああ、それなら心配ないですね」ホームズは快活に笑った。「これで話は決まったも同然――あとは、きみがあの部屋を気に入るかどうかです」

「いつ見に行きますか？」

「明日の正午にここへ来てください。二人で現地へ出かけて、必要な手続きを全部済ませてしまいましょう」

「わかりました。では明日の正午に」私は彼と握手を交わした。

薬品を並べて実験を続けるホームズを残し、スタンフォードと私は部屋をあとにした。外に出ると、連れ立って私のホテルの方角へ歩きだした。

「ああ、そういえば」私はふと思い出して足を止め、スタンフォードを振り向いた。「彼はどうしてぼくがアフガニスタン帰りだとわかったんだろう？」

スタンフォードは含み笑いして言った。「そこがあの男の一風変わったところなんです。どうしてあんなふうにいろんなことがわかるのか、みんな不思議がっていますよ」

「なるほど、謎というわけか！」私はわくわくしながら手をこすり合わせた。「興味をそそられるね！　紹介してくれてありがとう、恩に着るよ。〝人間がなすべき研究の対象は人間である〟（訳注：イギリスの詩人アレグザンダー・ポープの言葉）とはよく言ったものだ」

「じゃあ、せいぜい彼の研究に勤《いそ》しんでください」スタンフォードは別れ際に言った。「ただし、一筋縄ではいかない相手ですから覚悟がいりますよ。逆にワトスンさんが研究されることのほうが多いんじゃないかと予想しますがね。では、ここで失礼」

「ああ、また会おう」ホテルへとぶらぶら歩きながら、私は新しい知人のことを考えて胸が高鳴った。

第2章　推理の科学

翌日、私はホームズと約束の時刻に落ち合い、彼が話していたベイカー街二二一番地Bの下宿を見に行った。快適そうな寝室が二部屋に広くて風通しのいい居間という間取りで、明るい感じの家具をそろえた居間には、二面の大きな窓から光がたっぷりと射しこんでいた。どこを取っても申し分ない物件だった。家賃も二人で出し合えばそれほど負担にはならない額だったので、話はその場でまとまり、さっそく賃貸契約を結んだ。私はその晩のうちにホテルから荷物を運びこみ、翌朝にはシャーロック・ホームズも箱や旅行鞄《りょこうかばん》を抱えて引っ越してきた。それから二日ばかりは、二人とも荷解きや持ち物の整頓《せいとん》に追われた。ひととおり片付くと、ようやく落ち着いて、少しずつ新しい生活になじんでいった。

一緒に暮らしていくうえで、ホームズは少しも厄介な相手ではなかった。いつも静かに過ごしているし、生活習慣も規則正しかった。夜は十時以降に起きていることはめったになく、朝は私が起きる頃にはすでに朝食を済ませて出かけていた。たいていはあの化学実験室か解剖室にこもりきりだったが、たまに長い散歩に出かけて、ロンドンの貧民街を歩きまわっているようだった。研究に取り組んでいるあいだは、それこそ汲《く》めども尽きぬ活力をみなぎらせているが、ときおりその反動に襲われていた。何日も居間のソファに力なく横たわって、朝から晩までろくに口をきかないばかりか、身体をぴくりとも動かさなくなるのだ。そういうときのホームズは、夢でも見ているようにうつろな目つきをする。常日頃の節制と潔癖な暮らしぶりを知らなかったら、麻薬に耽溺《たんでき》しているのかと疑いたくなっただろう。

数週間が過ぎるうちに、ホームズに対する私の関心はますますつのり、彼はいったいなにを生きがいにしているんだろうと好奇心は強まる一方だった。あの個性的な風貌《ふうぼう》からして、どんなにぼんやりした人間でも目を奪われずにはいられないだろう。身長は六フィートを少し超える程度だが、ひどく痩《や》せているため実際以上に背が高く見える。目つきは、さっき述べた無気力状態のときを除けば、射るように鋭い。細い鷲鼻《わしばな》によって顔全体に機敏で決然とした風格が添えられ、線のくっきりとした角張った顎《あご》にも意志の強さがありありと表われている。手は左右ともインクや薬品のしみに染まっているが、指先はきわめて繊細で、壊れやすい実験器具をすこぶる器用に扱うのを私は何度となく目にした。

ホームズという男に激しく興味をかきたてられた私は、彼が自分のまわりに張りめぐらしている沈黙の壁をなんとか打ち破ろうと苦心惨憺《くしんさんたん》した。こう白状すると、読者諸賢から見下げ果てたお節介屋だと思われるかもしれない。だが、そう決めつける前にどうか思い出していただきたい。その頃の私がいかにむなしく味気ない暮らしに甘んじていたかを。体調がすぐれないため、よほど天気のいい日でないかぎり外出すらままならなかったし、無聊《ぶりょう》を慰めに訪ねてきてくれる友人も一人もいなかった。そんな状況では、同居人が漂わせるささやかな謎にこれ幸いと飛びつき、それを解き明かそうと夢中になるのも、致し方ないことではなかろうか。

ホームズは医学を勉強しているのではなかった。この点については、本人が質問に答えてはっきりと認めた。スタンフォードの言ったとおりだったわけだ。また、学者の道を目指して、科学の学位やその他の正式な資格を取ろうと勉学に励んでいるのでもないようだった。にもかかわらず、いくつかの特定の研究に対しては並々ならぬ情熱を注ぎ、偏った範囲ではあるが底知れぬ知識をそなえていたので、彼の鋭い見解にはいつも脱帽させられた。そこまでしゃにむに打ちこんで、厳密な情報を一途に追い求めるからには、なんらかの明確な目的を持っているはずだ。気まぐれに本を読みかじった程度で、周囲をあっと言わせるような知識など身につくわけないし、ささいな事柄のために刻苦精励しているならば、それ相応のれっきとした理由がないとおかしい。

ところで、ホームズは当たり前の知識が不足している点でも人並みはずれていた。現代文学や哲学、政治に関してはまったくの不案内と言っていい。なにしろ、私がトマス・カーライルを引き合いに出したとき、それはいったい誰だい、どんなことをやったんだい、となんの屈託もなく尋ねたのだから。だがそれ以上に驚いたのは、コペルニクスの地動説や太陽系の構造を彼はまったく知らないのだと、ひょんなことからわかったときだった。この十九世紀に生きる文明人でありながら、地球が太陽の外側を周回していることさえ知らないとは、不可解すぎてにわかには信じられなかった。

「びっくりしたようだね」ホームズはあっけにとられている私を見て、にやにや笑った。「やれやれ、よけいな知識が入ってしまったから、忘れるように努めなくては」

「なんだって！」

「いいかい、きみ、もともと人間の頭脳は狭い屋根裏部屋みたいなもので、本人が選《え》りすぐった知識だけをしまうべき場所なんだ。ところが、頭の悪い連中はがらくた同然のものまで手当たり次第にとっておこうとする。そのせいで便利な道具が隅へ押しやられたり、ほかの雑多なものとごちゃ混ぜになって、いざ必要になったときに使えなくなってしまう。そこへいくと熟練の職人は賢明だ。頭脳という屋根裏部屋になにをしまうべきか、しっかりと心得ている。仕事で役立ちそうな道具だけでも相当な量だから、それ以外のものは絶対に入れない。おまけに整理整頓も行き届いている。そもそも、狭い屋根裏部屋を無限に広がる空間みたいに考えちゃいけないんだ。伸び縮みする壁なんてあるわけないんだからね。そんなふうに錯覚して、あとからあとから詰めこんでいけば、いずれは気づかないうちに大事なことを忘れてしまう。よって、有用な知識がこぼれ落ちないよう、無用な知識はさっさと捨てるにかぎるのさ」

「しかし太陽系の知識くらいは……」私はむきになって反論を試みた。

「僕となんの関係がある？」ホームズがもどかしげにさえぎった。「地球が太陽のまわりを回ってたら、どうだって言うんだい？　たとえ月のまわりを回っていようが、僕の人格や仕事にはこれっぽっちも影響はないね」

　その仕事とはいったいなんだい、と思わず訊きかけたが、ホームズの態度にはなんとなくそうした質問を受けつけない感じがあったので、急いで言葉をのみこんだ。そして、このときの短い会話についてあとで幾度も考えをめぐらせ、なんとか私なりの推論を組み立てようとした。ホームズは、自分の目的に必要のない知識はいっさい取り入れないと言った。となると、現在持ち合わせている知識はどれも彼にとって役立つものばかりだということだ。そこで、これまでのホームズを振り返って、彼が特に知悉《ちしつ》している分野を思いつくまま挙げていき、鉛筆で箇条書きにしてみた。そうして一覧表が完成すると、眺めながら思わずにやりとしてしまった。こんな内容である。


　シャーロック・ホームズの能力に関する特徴

一、文学の知識：なし。
二、哲学の知識：なし。
三、天文学の知識：なし。

四、政治に関する知識：乏しい。
五、植物学の知識：偏りがある。ベラドンナやアヘンなどの有毒植物全般に詳しい。実用的な園芸の知識は皆無。
六、地質学の知識：限定的だが実用的。異なる土壌を一目で識別できる。散歩から帰ってきてズボンの泥はねを見せ、色と粘度からロンドンのどの地区でついたものかを説明してくれたことがある。
七、化学の知識：無尽蔵。
八、解剖学の知識：正確だが体系的ではない。
九、通俗文学の知識：けたはずれ。今世紀のあらゆる凶悪犯罪に通暁している模様。
十、ヴァイオリンの名手。
十一、棒術、ボクシング、剣術に熟達している。
十二、イギリスの法律に関して実用的な知識が豊富。

だが、ここまで読み返したら急に嫌気がさして、暖炉の火に投げこんでしまった。「いちいち書きだしても始まらないだろう。こういう能力が必要な職業を探りあて、彼がなにを目指しているか突きとめたところで、それがいったいなんになる」私は自分に向かって言い聞かせた。「つまらないことは即刻やめよう」

それはそうと、一覧表でヴァイオリンの技量についてふれた。たしかにホームズの腕前はずば抜けているが、ほかの特技と同様に一風変わっている。難曲だろうがなんだろうが巧みに弾きこなせることは、この耳が知っている。私のリクエストに応じて、メンデルスゾーンの歌曲などお気に入りの曲を弾いてくれることがあるからだ。ところが本人が好き勝手に弾くと、曲どころか旋律らしきものさえめったに奏でようとしない。夕方などはよく、肘掛《ひじか》け椅子にもたれてヴァイオリンを膝《ひざ》に置き、目を閉じたままでたらめにかき鳴らしている。その音色はときには清澄で哀愁を帯び、ときには陽気で威勢がいい。ホームズの気分がそのまま表われているのは明らかだ。しかし、それが考え事にふけるための伴奏なのか、それとも気まぐれや思いつきにすぎないのか、まったく判断がつかなかった。とにかく、そんな気分次第の独奏を聴かされてばかりいたら、さすがの私も腹に据えかねただろうが、独奏のあとはだいたいいつも私の好きな曲を立て続けに弾いて、ちょっとした埋め合わせをしてくれるのだった。

共同生活が始まってから一週間ほどは、訪ねてくる者が一人もいなかったので、私と同じようにホームズも孤独な人間なのだろうと思っていた。だがしばらくすると、彼には知り合いが大勢いることがわかった。それも階層さまざまな人たちが。そのなかに小柄で血色が悪くて黒い目の、イタチに似た顔の男がいて、ホームズからレストレイド氏だと紹介されたが、彼などは週に三回も四回も訪ねてきた。また、ある朝、しゃれた服装の若い娘が三十分以上も話しこんでいったかと思うと、同じ日の午後には、白髪頭でみすぼらしい身なりの行商人らしきユダヤ人が大慌てで飛びこんできた。しかも彼が帰ってすぐ入れ替わるようにして、見るからにだらしない感じの年配の女性が現われた。別の日には、銀髪の老紳士の訪問者がホームズに面会を求めたし、ビロードの制服を着た駅のポーターがやって来たこともあった。そうした怪しい来客があるたび、ホームズに居間を使わせてほしいと言われ、私は自分の寝室へ引っこんだ。彼はそのことを気にして、不便をかけてすまないとしきりに詫《わ》びた。「居間をどうしても事務所代わりに使う必要があってね」あるときホームズは言った。「ここに来る客たちは仕事の依頼人なんだ」彼の職業について単刀直入に尋ねる絶好の機会だったが、個人的な事柄にこちらから触れるようなぶしつけなまねは慎みたかったので、またしても言いだせなかった。きっとなんらかの深い事情から、仕事の話はしたくないのだろうと勝手に思いこんでいたのだ。ところがまもなく、そんな遠慮は無用だったことがわかった。ホームズのほうからその話題を持ちだしたのである。

わけあってよく覚えているのだが、それは三月四日のことだった。普段より早く起きると、ホームズはまだ朝食をとっているところだった。私がいつも朝寝坊なものだから、下宿のおかみさんはまだ私の朝食はコーヒーすら用意していなかった。理不尽なことでつい腹を立ててしまうのが人間の性《さが》である。私はベルを鳴らすと、そろそろ食事を運んでもらいたいんだがと不機嫌な声で言った。それからテーブルにあった雑誌を手に取り、黙々とトーストを食べている同居人のそばで、待たされているあいだのいらだちを紛らわそうとページをめくった。すると見出しに鉛筆で印をつけた記事があったので、目は自然とその内容を追い始めた。

「人生の書」というなんとも大げさな見出しが掲げてあったが、言わんとするところはつまり、観察力の鋭い人間ならば、日常で目にする事柄を正確に系統立てて吟味することで実に多くの知識を得られる、ということらしかった。読んだ印象では、うがった意見と荒唐無稽《こうとうむけい》な主張とが奇妙な具合に混ざり合っていた。論法は隙がなく力強いが、そこから引きだされた結論はありそうもないことで、単なる誇張にしか思えなかった。たとえば、筆者は次のように書いていた。顔の筋肉が小さくひきつる、目がかすかに動くといった表情の一瞬の変化から、人間の心の奥まで見透かすことができる。訓練を積んで高度な観察力と分析力を身につけた者には、いかなる欺瞞《ぎまん》も通用しない。そのような者が下した結論はユークリッド幾何学の定理と同じくらい絶対確実である。しかし、あまりに意表をつく内容のため、彼の能力を知らない者はあっけにとられるばかりで信じようとはせず、結論にいたった経緯を説明されるまでは魔法でも使ったのかと疑うのがおちである。

さらに筆者は、「わずか一滴の水から」という書き出しでこう主張していた。

「わずか一滴の水から、理論家はたとえ実際に見聞きしたことがなくとも、大西洋やナイアガラの滝について推理できる。同様に、人の一生も大きな一本の鎖であり、たった一個の環《わ》から本質を探りだすことが可能だ。これはどんな学問にもあてはまることだが、〈推理と分析の科学〉は地道な研究を長年積み重ねてこそ習得できるものであり、よって命にかぎりのある人間がその頂点を極めようとするには人生はあまりに短い。しかも、道徳的ならびに精神的な面から取り組もうとすれば、多大な困難が待ち受けている。よって、この科学を探究する者は、まず基礎的な能力を培うことに努めるべきである。すなわち、誰かと会ったときに、その人物の経歴や職業を一目で見抜けるよう訓練しなければならない。子供じみたことに感じられるかもしれないが、それによって観察力に磨きがかかり、相手のどこを見ればいいか、なにを探せばいいかを理解できるようになる。指の爪、上着の袖《そで》、靴、ズボンの膝、人差し指や親指のタコ、顔の表情、シャツの袖口など、さまざまなものから相手の職業を正確に読み取れるのだ。筋のいい研究者ならば、どんなに困難な状況でも、そうした手がかりをつなぎ合わせることで必ずや真実に行き着くであろう」

「くだらない戯《ざ》れ言だな!」私は雑誌をテーブルにたたきつけた。「こんなふざけた話がどこにある」

「どれのことだい?」ホームズが訊いた。

「この記事だよ」私は朝食の席に着いて、卵用のスプーンで問題の記事を指した。「印がついているから、きみも読んだようだね。まあ、意欲作であることは認めるが、読んでいてうんざりしたよ。どこかの閑人《ひまじん》が快適な書斎に閉じこもって、安楽椅子にふんぞりかえ《へ》ったまま、もっともらしい逆説をひねりだそうとしたんだろう。なんの役にも立たない屁理屈《りくつ》だ。この男を地下鉄の三等車にでも放りこんで、乗客全員の職業を当ててみろと言ってやりたいね。どうせできっこないよ。千対一で賭《か》けてもいい」

「じゃあ、きみは大損だな」ホームズは静かに言った。「その記事だけどね、書いたのは僕なんだ」

「本当かい！」

「ああ、本当だ。僕は観察力と推理力を兼ねそなえている。きみにはただの世迷《よま》い言にしか思えないようだが、そこに書いた説はすこぶる実用的なんだ。その証拠に、僕はそれで生計を立てている」

「どんなふうにだい？」私は反射的に訊いた。

「実を言うと、特殊な仕事をしているんだ。おそらく世界中でただ一人だろう。僕はね、諮問探偵なんだよ。ぴんと来ないと思うから説明しておこう。このロンドンには政府の役人である刑事や民間の私立探偵が大勢いて、捜査で八方ふさがりになるとここへ相談に来る。僕はなんとかして彼らを正しい軌道に乗せてやる。集めた証拠を残らず出してもらい、犯罪史の知識をもとに事件を次々と解決していくわけだ。犯罪というのは顕著な類似点によって必ず結びついているものだから、千の犯罪に精通していれば、千一番目の犯罪を解明できないはずがない。ここへ通ってくるレストレイドという男がいるだろう？　彼は名の通った刑事でね。近頃ちょくちょく顔を見せるのは、偽金事件の捜査でお手上げ状態だからなんだ」

「じゃあ、ほかの人たちは？」

「ほとんどは民間の探偵会社からの紹介だ。なにかの事情で窮地に陥った人々が、解決の糸口を求めてここへ訪ねてくる。僕は相談内容に耳を傾け、見解を述べ、それと引き替えに謝礼金を受け取っているんだ」

「つまりきみは、ほかの人たちが事情をつぶさに把握しているにもかかわらず手も足も出ない難題を、この部屋から一歩も出ないで解明できるというのかい?」

「もちろんだとも。僕には一種の直感力があるんだ。といっても、たまに多少ややこしい事件も持ちこまれるから、そういうときはあちこち出かけていって、じかにこの目で確認しないといけないがね。知ってのとおり、特殊な知識は充分身につけているから、それを活用すれば意外と簡単に、しかもきれいに解決できる。その雑誌に書いた推理に関する理論は、きみから見ればお笑いぐさだろうが、僕にとっては実践的な仕事に欠かせない重要な原則なんだ。観察は僕の第二の天性と呼んでいい。きみだって初めて会ったとき、僕がアフガニスタン帰りですねと言ったら、びっくりしていたじゃないか」

「あれは誰かに教えてもらったんだろう?」

「いいや。アフガニスタン帰りだと自力で見抜いたんだ。長年の習慣で、僕の頭のなかは思考が閃光《せんこう》のごとく走り、途中の過程を意識する間もないほど速やかに結論を導きだす。だが実際にははっきりとした段階があって、それを順に踏んで推理したんだ。こんなふうにね。〝この人は見たところ医者のようだが、態度がどことなく軍人っぽい。そうなると軍医だな。顔が浅黒いが、手首から上は白いから、生まれつき色黒なのではなく、熱帯地方から戻ってきたばかりにちがいない。大変な苦難を耐え忍び、重い病気に苦しんだ跡が、やつれた顔にくっきりと刻まれている。左腕を負傷したようだ。かばおうとするせいで、不自然な動かし方になっている。イギリスの軍医が塗炭の苦しみをなめ、腕に怪我まで負うような熱帯地方とはいったいどこか？　アフガニスタン以外にはない〟ここまで行き着くのに一秒とかからなかったよ。で、そのあと、アフガニスタン帰りですねと言って、きみを驚かせたのさ」

「説明を聞いてみたら、案外簡単なことなんだね」私は笑みを漏らした。「まるでエドガー・アラン・ポーのデュパンみたいだ。ああいう人物が現実に存在するとは思わなかったよ」

するとシャーロック・ホームズは椅子から立ってパイプに火をつけた。「たぶんきみは褒め言葉のつもりでデュパンにたとえたんだろうが、この際はっきり言っておこう。デュパンは僕よりだいぶ劣る。十五分も黙りこくったあとで、藪から棒に友人の考えを言いあてるなんていう手法は、わざとらしいうえに陳腐きわまりない。分析的能力は多少お持ちのようだが、ポーが意図したほどの天才にはとても思えないね」

「ガボリオの作品は読んだかい？」私は訊いた。「ルコック探偵なら、きみのお眼鏡にかなうかな？」

ホームズはさも小ばかにしたように鼻で笑った。「ふん、あれはどうしようもない間抜けだよ」憤然と言い放った。「取り柄といえば、元気がありあまっていることだけだ。まったく、読んでいて胸が悪くなったよ。結局は犯人の正体を突きとめるだけの話じゃないか。僕なら二十四時間以内に解決できるのに、ルコックは半年もかけている。悪い探偵の典型だ。彼を手本にすれば、探偵がやってはいけないことはなんなのか、しっかり学べるだろうよ」

デュパンもルコックも私の大好きな主人公なので、そんなふうにあしざまに言われると腹立たしかった。窓辺へつかつかと歩いていき、往来の激しい通りを見下ろしながら胸の内でつぶやいた。「この男、頭はいいんだろうが、かなりのうぬぼれ屋だな」

「近頃は本物の犯罪や犯罪者が乏しくてね」後ろで不満げにこぼすホームズの声。「これじゃあ優秀な探偵の出番がない。僕はこの仕事で名声をつかむだけの明晰《めいせき》な頭脳を持っている。犯罪の究明に関して、僕ほど研究熱心で天分に恵まれた者はこれまで一人もいなかった。ところが現状はどうだ？　究明に値する犯罪はどこにもないときている。スコットランド・ヤードのぼけなす刑事たちでも用が足りそうな、動機が見え見えのしみったれた悪事ばかりだ」

彼の横柄な口ぶりに、こちらはますます不快になった。話題を変えるのが得策と判断した。

「あの人はなにを探しているんだろうね？」私はそう言って、番地を調べながら通りの反対側を向こうからゆっくりと歩いてくる男を指差した。いかつい体格で、地味な服装をしている。大きな青い封筒を持っているので、どこかへメッセージを届けにいくところなのだろう。

「あそこにいる海兵隊の退役兵曹のことかい？」とホームズ。

私は内心で言い返した。「偉そうにでたらめを！　確かめようがないと思って、口から出まかせを言ってるな」

そんな考えが私の脳裏をよぎった瞬間、くだんの男はこの家の番地に目を留め、急ぎ足で道をこちらへ渡ってきた。やがて階下の玄関から大きなノックの音と太い声が聞こえ、そのあと階段を上ってくる足音が重く響いた。

「シャーロック・ホームズさんに届けに来ました」部屋に入るなり、男はホームズに手紙を差しだした。

ホームズの鼻をへし折ってやるまたとないチャンスだ。まさかこうなるとは知らずに、いいかげんなことを言ったに決まっている。「ちょっとうかがいますが」私は愛想よく男に尋ねた。「ご職業はなんですか？」

「メッセンジャーです」相手はそっけなく答えた。「制服はいま、繕いに出していますがね」

「その前は？」私はホームズを冷ややかに横目で見ながら言った。

「イギリス海兵隊軽歩兵隊に所属する兵曹でした。お預かりする返信はありませんね？　では、これで失礼します」

男はカツンと踵《かかと》を打ち鳴らして敬礼し、部屋を出ていった。

第3章　ローリストン・ガーデンズの怪事件

ホームズの持論がきわめて実用的である証拠をまたひとつ突きつけられ、私は正直言って度肝を抜かれた。そして、彼のたぐいまれなる分析力に対して尊敬の念がいっきに強まった。にもかかわらず頭の片隅には、これは前もって示し合わせてあったのではないか、目的は皆目わからないが、私を驚かせようとしてひと芝居打ったのではないか、という疑念がこびりついたままだった。それとなくホームズの様子をうかがうと、届けられた手紙を読み終えて、放心状態といった感じのうつろな表情をしていた。

「いったいどうやって、ああいう推理を引きだしたんだい？」私は尋ねた。

「どんな推理？」いらだたしげな返事だ。

「さっきの人が海兵隊の退役兵曹だという推理だよ」

「なんだ、そんなつまらないことか」ホームズはぶっきらぼうに言ったが、そのあとで笑顔に変わった。「無礼な言い方をして、すまない。考え事をしていたものでね。いや、べつにかまわないよ。じゃあきみは、あの男が海兵隊の兵曹だったことに本当に気づかなかったのかい？」

「ああ、まったく」

「わかりきったことを説明するのは難しいな。きみだって二足す二が四になる理由を訊《き》かれたら、返答に窮するだろう？　自分にとっては当たり前の事実なんだからね。まあ、なんとかやってみよう。まず、あの男の手の甲に青い大きな錨《いかり》のタトゥーがあることは、ここからでもよく見えた。となると、船乗りかもしれない。だが物腰は軍人風で、ごていねいにお決まりの頰髭《ひげ》まで生やしている。じゃあ海兵隊だろう。態度は偉ぶっていて、居丈高な印象を受けた。きみも気づいただろうが、頭をつんとそらして、ステッキを振りまわしていたね。さらに顔の感じから、真面目な堅気の中年男と判断できた。これらをすべて考え合わせた結果、退役兵曹と確信するに至ったのさ」

「おみごと！」私は賞賛の言葉を贈った。

「たいしたことじゃないよ」ホームズはそう言いながらも、感嘆する私の表情を見て、まんざらでもなさそうだった。「僕はさっき、近頃は本物の犯罪に乏しいと言ったが、前言撤回だ。ほら、これを見たまえ！」彼は例のメッセンジャーが届けた手紙を私に投げてよこした。

「驚いたな！　これはひどい！」文面にすばやく目を通してから、私は言った。

「ああ、並みの事件ではなさそうだ」ホームズの声は落ち着きはらっていた。「そこに書いてあることを読みあげてくれないか？」

手紙は次のような内容だった――

シャーロック・ホームズ様

昨夜、ブリクストン通りのはずれにあるローリストン・ガーデンズ三番地で凄惨《せいさん》な事件が発生しました。午前二時頃、当方の巡査がパトロール中に空き家になっているはずの家に明かりがついているのを発見。不審に思って調べたところ、玄関のドアは開け放たれ、家具がひとつもない表側の部屋に立派な身なりの紳士が死体となって横たわっていました。ポケットからは、〝アメリカ合衆国オハイオ州クリーヴランド市、イーノック・J・ドレッバー〟と書かれた名刺が見つかりました。金品を奪われた形跡はなく、死因を示す手がかりも皆無です。室内には数箇所に血痕《けっこん》が認められましたが、死体には外傷がいっさい見あたりません。この紳士がなぜ空き家へなど入ったのかも判明せず、途方に暮れております。なにからなにまで謎だらけの事件です。小生は正午までこの家に待機しておりますので、よろしければご足労願えませんでしょうか。貴殿が到着するまで、現場は手をつけずに保存しておきます。

ご都合が悪くおいでになれない場合は、のちほど小生が詳しく報告いたしますので、ご意見をお聞かせいただければ幸いです。

トバイアス・グレグスン

「グレグスン警部はスコットランド・ヤードきっての敏腕刑事でね」ホームズが説明を始めた。「彼もレストレイド警部も間抜けぞろいのヤードでは飛び抜けて優秀なんだ。機敏だし、すこぶる精力的だからね。ただ、やることなすことなんでも杓子定規《しゃくしじょうぎ》で、ちっとも融通が利かない。あれは処置なしだよ。しかも互いにいがみ合っていて、商売敵の女同士みたいに嫉妬《しっと》心をめらめらと燃やしている。二人が共同でこの事件を担当することになったら、まちがいなくひと波乱あるだろうな」

ホームズが悠長にそんな話をしているので、私ははらはらしてきた。「いまは一刻を争うときなんだろう?」焦るあまり声が大きくなった。「外へ行って辻《つじ》馬車を呼んでこようか?」

「まだ行くと決めたわけじゃない。僕は救いがたいほどの怠け者なんだ。怠惰なことにかけては誰にも負けない自信がある——といっても、一種の発作のようなものでね。その証拠に、かなり活発に動けるときもけっこうある」

「理解に苦しむよ。きみにすれば待望のチャンスじゃないか」

「おいおい、これが僕となんの関係があるんだい? 僕が事件の全貌《ぜんぼう》を明らかにしたところで、どうせ手柄はそっくりグレグスンやレストレイドに持っていかれるんだ。こっちはしょせん民間人にすぎないからね」

「だが、向こうはこうして必死に助けを求めているのに」

「必死にもなるさ。能力のうえでは僕にかないっこないとわかっているんだから。本人たちもそれをはっきりと認めているよ、僕の前でなら。第三者がいるところでは意地でも認めようとしないがね。まあいい、ちょっと行って様子を見てみるか。どんな事件だろうと僕が鮮やかに解決してみせるよ。なんの得にもならないが、警察に一泡吹かせてやれば、さぞかし痛快だろうからね。よし、出発だ！」

ホームズは勢いよくコートをはおると、それまで無気力だったのが嘘のように、きびきびとした動作に変わった。

「さあ、きみも帽子をかぶって」彼は言った。

「ぼくも行くのかい？」

「そうだよ。ほかにこれといって用事がなければね」

一分後には、辻馬車に乗ってブリクストン通りへ猛然と突き進んでいた。

霧に包まれた曇り空の朝だった。家々の屋根に灰褐色の霧が帯状に垂れこめて、まるで街路の泥の地面が映っているかのようだ。ホームズはやけに上機嫌で、クレモナのヴァイオリンについてとりとめのない話を続け、ストラディヴァリウスとアマーティの相違点といった蘊蓄《うんちく》を傾けていた。対照的に私のほうはずっと黙りこくっていた。どんよりとした空模様に加え、こうして首を突っこむはめになった陰惨な事件のことが脳裏にちらついて、気がめいってしまったのだ。

「きみは事件のことが全然頭にないようだね」私はたまりかねてホームズの音楽談義をさえぎった。

「まだ材料がない。証拠がそろわないうちから仮説を立てようとするのは大まちがいだ。偏った判断に陥りかねない」

「材料はもうじき手に入るよ」私は馬車の外を指さした。「ブリクストン通りだ。あそこに見えるのが、おそらく問題の家だろう」

「そのとおり。おい、御者くん、停めてくれ！」事件現場となった家はまだ百ヤードくらい先だったが、ホームズがここで降りると言い張るので、残りの距離は歩いていくことになった。

ローリストン・ガーデンズ三番地には、不吉で不穏な空気が漂っていた。通りから少し引っこんだところに四軒の家が建ち、うち二軒は人が住んでいるが、ほかの二軒は空き家になっている。目指す現場はその二軒のうちの片方だ。空き家の壁にはカーテンもなく空っぽで陰気な窓が三列に並んで、恨めしげな視線をこちらに向けている。薄汚れたガラスに〝貸家〟の札が点々と貼られているため、白内障にかかって混濁した瞳《ひとみ》のようだ。家と通りのあいだには貧弱な草木がまばらに生えた小さな庭があり、粘土と砂利を混ぜてあるのだろう、黄色っぽく見える小道が庭を突っ切って玄関まで伸びている。夜間に降った雨のせいで、あたりの地面はぬかるんでどろどろだ。庭の周囲には、上部に木の柵《さく》を渡した高さ三フィートほどのレンガ塀がめぐらされ、その塀のこちら側にいかつい体格の巡査が寄りかかっている。そのまわりに群がる野次馬たちは、家の様子がかすかにでも見えないものかと首を伸ばしたり目を凝らしたりしている。

私はてっきり、シャーロック・ホームズはすぐさま家に駆けこんで、ただちに事件の捜査を開始するものと思っていた。ところが、いっこうにそういう素振りを見せない。のんきというかなんというか、この状況を考えると、わざともったいをつけているとしか思えない態度で通りを歩きまわっているのだ。ときおり地面を見下ろしたり、空を見上げたり、道の反対側の家や柵をぼんやり眺めたりしていた。そうしてひととおり観察を済ませると、ようやくゆっくりした足取りで庭へ入り、地面を目でたどりながら玄関に続く小道を、厳密に言えば小道の脇の草の上を進んでいった。途中で二回立ち止まったが、そのうち一回はにやりと笑って満足そうな声を漏らした。ぬかるんだ粘土質の地面には足跡が無数に残っていて、すでに警察が踏み荒らしたあとなのだとわかった。この状態でホームズはどうやって手がかりを探すつもりだろう、と私は首をひねった。それでも、彼が洞察力に人一倍秀でていることはすでに充分わかっていたので、私には見えなくても彼には見えているものがたくさんあるにちがいないと確信していた。

玄関まで行くと、亜麻色の髪をした色白で長身の男に出迎えられた。彼は手帳を手に駆け寄ってきて、嬉《うれ》しそうにホームズの手を握りしめた。「これはどうも、よくおいでくださいました。現場はまっさらな状態で保存してありますよ」

「向こうは例外のようですがね！」ホームズはいま通ってきた小道を指差した。「バッファローの群れだって、あそこまで派手に踏み荒らしはしませんよ。あんなことを許可するからには、当然前もってきちんと証拠を拾い集めておいたんでしょうね、グレグスン君？」

「いや、それが、あいにく屋内の捜査で手一杯だったもんですから、庭のほうは同僚のレストレイド君に任せておいた次第でして。彼もここへ来ていますんでね」刑事は弁解がましく言った。

「きみとレストレイド君という腕利きが二人もそろっているなら、部外者の僕が来てもたいしてお役に立てないでしょうね」ホームズは私をちらりと見て、皮肉たっぷりに眉《まゆ》を上げた。

単純にお世辞と受け取ったのか、グレグスン刑事は満足げに手をもみ合わせた。「もちろん、われわれは万事抜かりなく対処したつもりですが、めったにない奇怪な事件なのでホームズさんのお気に召すかと思いましてね」

「ここへは辻馬車で来たんですか？」ホームズが尋ねた。

「いいえ」

「レストレイド君も？」

「ええ、ちがいます」

「じゃ、現場を見せてもらおうか」ホームズは意図がよくわからない質問のあとに言い、ずかずかと家のなかへ入っていった。グレグスンが驚いた顔であとを追った。

床板がむきだしになった埃《ほこり》だらけの短い廊下が、奥の台所と家事室へ通じていた。途中にドアが左右にひとつずつあり、片方は何週間も閉ざされたままであることが明らかに見て取れた。もう片方は食堂のドアだった。今回の謎めいた事件が起きた現場である。ホームズは室内へ入り、私も死の存在が放つおごそかな霊気のようなものを感じながらあとに続いた。

食堂は正方形の大きな部屋だった。家具がひとつもなくがらんとしているため、よけい広く見えた。壁紙は悪趣味なけばけばしい模様で、ところどころカビによるしみが広がっている。大きく剝《は》がれてめくれ、その下から黄色っぽい漆喰《しっくい》がのぞいている箇所もある。ドアと向かい合った壁には白い人造大理石でできた派手な装飾の暖炉がしつらえられ、上部のマントルピースの端に燃え残った赤いろうそくが一本立っている。ひとつきりの窓は汚れて曇っているため、そこから射しこむ濁った光ですべてのものがくすんで灰色っぽく見えるが、室内全体に分厚く積もった埃でくすみの度合いはいっそう増しているようだ。

もっとも、こうした詳細はあとで観察したことである。実際には部屋に一歩入るなり、床にぴくりともせず横たわっている人物に目が釘付《くぎづ》けになった。もはやなにも見えないうつろなまなこをかっと見開き、色あせた天井をにらんでいる姿が、なんともいえず不気味だった。その男は中肉中背で、年の頃は四十三か四くらい、黒髪が細かく縮れ、短く刈ったこわい顎鬚《あごひげ》をたくわえている。厚手の黒ラシャのフロック・コートをはおった下にチョッキ、薄い色のズボン、そして清潔なカラーとカフスを身につけ、かたわらの床にはきれいに手入れされたシルクハットが落ちている。両手の拳《こぶし》を握りしめ、腕は左右とも大きく投げだしているが、逆に両脚はきつくからみ合っているという姿から、壮絶な死に際がうかがえる。硬直した顔に浮かんでいるのは紛れもなく恐怖の表情だが、私の目には、これまで見たこともないような激しい憎悪を含んでいるようにも映った。その醜くゆがんだ恐ろしい顔は、狭い額に低い鼻、突きでた顎という造作のせいで猿じみて見え、悶絶《もんぜつ》のあまり不自然にねじ曲がった身体が一段とその印象を強めていた。私はこれまで数多くの死者を目の当たりにしてきたが、ロンドン郊外の目抜き通りに面したこの暗い汚れた部屋に転がっている死体ほど、すさまじい形相のものはなかった。

レストレイド警部が、相変わらず痩《や》せた身体とイタチのような顔で戸口に現われ、ホームズと私に挨拶《あいさつ》した。

「巷《ちまた》はきっと大騒ぎでしょうな」レストレイドが言った。「こんな異様な事件はわたしも初めてですよ」

「手がかりもまったくないときている」とグレグスン。

「ああ、そのとおりだ」レストレイドが相槌《あいづち》を打つ。

シャーロック・ホームズは死体に歩み寄ると、かたわらにひざまずいて入念に調べ始めた。「外傷がないことにまちがいありませんか？」あたり一面に飛び散った血痕《けっこん》を指差し、刑事たちに訊《き》いた。

「ありませんとも！」二人の刑事が同時に答える。

「じゃあ、この血は第二の人物のものだな。これが他殺だとすれば、その人物は殺人者ということになる。それで思い出したが、一八三四年にユトレヒトで起きたファン・ヤンセン殺しと状況が似通っている。グレグスン君、あの事件を覚えていますか？」

「いいえ、記憶にありませんが」

「だったら調べるんですね。これは宿題です。『日の下に新しきものなし』と言うでしょう？　どんなことにも必ず前例があるんですよ」

話しているあいだ、ホームズはあの独特の放心したような目つきだったが、指は死体のあちこちを器用に走りまわって、撫《な》でたり、押したり、ボタンをはずしたりしていた。その動作があまりにすばやいので、それで本当に正確に調べられるのだろうかと疑問に思ったほどだった。ホームズは最後に死体の口に鼻を近づけて匂いを嗅《か》ぎ、エナメル革の深靴の底を横目で見やった。

「死体は動かしていませんね？」刑事に向かってホームズが尋ねる。

「はい、われわれが検分したときを除けば」

「もう遺体保管所に移してけっこうです。これ以上調べても、なにも出てこないでしょうから」

グレグスンは担架と四人の部下を手配していた。彼らは呼ばれるとただちに部屋へ入ってきて、死者を運びだす作業に取りかかった。すると、抱えあげた拍子に指輪がひとつ死体から落ち、音をたてて床に転がった。レストレイドがそれを拾いあげ、いぶかしげに眺めた。

「ここに女がいたらしいぞ」レストレイドは興奮して大声をあげた。「こいつは女の結婚指輪だ」

彼がそう言いながら指輪をてのひらに載せて差しだすと、私たちはまわりに集まって、それをつぶさに観察した。たしかに、かつては花嫁の指にはまっていたはずの金の平型の指輪だった。

「ややこしいことになったな」グレグスンが言った。「やれやれ、ただでさえ複雑な事件だってのに」

「逆に単純になったと思いますがね」ホームズは口を開いた。「とにかく、いつまでも指輪を眺めていたって埒《らち》は明かない。それよりポケットの中身は？」

「こっちにまとめてあります」グレグスンは玄関ホールへ私たちを先導し、階段の一番下の段に置いてあったがらくたのような小物を指差した。「まずは金時計。ロンドンのバロード社製で、製品番号は九七一六三。時計鎖はアルバート型で、ずっしりと重たい純金製。それからフリーメイソンの紋章が入った金の指輪。ブルドッグの頭をかたどって、目玉にルビーをはめこんだ金のピン。ロシア革の名刺入れ。中身の名刺はクリーヴランド市のイーノック・J・ドレッバーとなっており、ワイシャツのE・J・Dという縫い取りと一致します。財布はありませんでしたが、小銭で七ポンド十三シリングばかりの所持金。それから、見返しにジョゼフ・スタンガスンの名前が入った、ボッカチオの『デカメロン』のポケット版。あとは手紙が二通。E・J・ドレッバー宛《あて》とジョゼフ・スタンガスン宛が一通ずつです」

「住所は？」

「ストランド街のアメリカ両替所気付で、留め置きになっています。差出人はいずれもガイオン汽船会社で、リヴァプールからの出航予定を知らせる内容でした。気の毒に、この男はもうじきニューヨークへ帰るところだったようですな」

「もう一人のスタンガスンという人物については調べたんですか？」

「むろん、ただちに着手しましたよ」グレグスンが答える。「新聞という新聞に広告を出し、アメリカ両替所へも部下を一人やっています。まだ帰ってきていませんが」

「クリーヴランドへの問い合わせは？」

「今朝、電報を打ちました」

「どういう内容で？」

「事情を細かく説明したあとに、参考になりそうなことがあれば知らせてほしいと伝えました」

「重大だと思われる点を挙げて、具体的に尋ねることはしなかったんですか？」

「スタンガスンに関する情報を求めましたが」

「たったそれだけ？　ほかに事件の核心をつきそうな事柄はありませんか？　追加の電報

を打つつもりはないんですか？」

「伝えるべきことは全部伝えましたから」グレグスンはむっとした様子で答えた。

ホームズは含み笑いして、そのあとなにか言おうと口を開きかけた。が、そのとき、私たちが玄関ホールへ移動したあとも食堂に残っていたレストレイド警部が、もみ手をしながら自慢げなもったいぶった態度で現われた。

「グレグスン君、これは重大発見だよ。たったいま見つけた。わたしが壁を注意深く調べなかったら、見つからずじまいだったろうな」

そう言いながら小柄なレストレイドは目を輝かせた。同僚に一歩先んじた喜びを抑えきれない様子だ。

「さあ、こっちへ」レストレイドは意気揚々と食堂へ入っていった。薄気味悪い死体が運びだされたあとのせいか、室内の雰囲気はいくぶん明るくなったように感じられた。「皆さん、そこに立って！」

レストレイドは靴底でマッチを擦り、掲げ持った炎を壁にかざした。

「どうぞご覧あれ！」勝ち誇った声で言い放つ。

さっきも述べたとおり、壁紙はところどころ剝がれていたが、隅にあるその一角はとりわけ大きくめくれ、ざらついた黄ばんだ漆喰がのぞいていた。その露出した四角い部分に、血のように真っ赤な文字で一語だけ書きなぐってあった。

「どうです、皆さん！」レストレイド警部の態度は舞台に上がった奇術師を思わせた。

「見落とされていたのは、部屋の隅の暗がりだったせいでしょう。ここを調べてみようとは誰も思いつかなかったんですよ。犯人は男にせよ女にせよ、自分の血で書いたにちがいありません。見てください、壁を伝い落ちていますよ！　さあ、これで自殺の線は消えました。しかし、なぜわざわざこんな暗い場所に書いたのか？　それはこれから説明します。マントルピースの上にろうそくがありますね。犯行時に火がともされていたとすれば、この壁は暗いどころか一番明るかったことになるんですよ」

「なるほどね。だが、それが見つかったからどうだっていうんだ？」グレグスン警部が小ばかにした口調で訊く。

「決まってるじゃないか。こいつを書いた者は女の名前のレイチェル《Rachel》と書くつもりだった。ところが、最後のLに行き着く前に邪魔が入ったか、時間切れになったかしたんだろう。いいか、事件が解決したときにはレイチェルという女の存在が必ず浮上してるから、よく覚えておくんだな。おや、ホームズさん、笑ってますね。いまにわかりますよ。あなたが上等なおつむの持ち主だってことは認めますが、最後にものを言うのは年の功なんです」

「いや、失敬！　まことに申し訳ない」ホームズは気分を害したレストレイドに、失笑したことを詫《わ》びた。「真っ先に見つけたという点ではお手柄ですよ。きみの指摘どおり、この文字は昨夜の事件の関係者が書いたものだ。僕はこの部屋をまだ充分調べていないから、差しつかえなければ始めさせてもらうよ」

ホームズはさっそくポケットから巻き尺と大きな丸い拡大鏡を取りだした。そしてこれら二つの道具を手に、せわしない足取りで音もなく室内を動きまわった。ときおり立ち止まり、あるいは膝《ひざ》をつき、一度は腹這《はらば》いにまでなった。没頭するあまり、私たちがいることなど忘れてしまったかのようだった。絶えずぶつぶつと独り言をつぶやいているばかりか、唐突に驚きの声をあげたり、うめき声や口笛をはさんだり、期待のこもった雄叫《おたけ》びを短く連発したりしていた。そんなホームズを見ているうちに、よく訓練された純血種のフォックスハウンド犬が途絶えた臭跡を探して鼻をくんくん鳴らしながら、獲物の隠れ場を猛然と嗅ぎまわっている姿が思い浮かんだ。彼の調査はそれから二十分あまり続いた。私の目にはまったく見えないなにかの痕跡《こんせき》をたどって、その間隔を入念に測定し、さらにどういうわけか壁にも巻き尺をあてた。また床からは、一箇所に小さく積もっていた灰色の埃《ほこり》を慎重に拾い集め、封筒にしまった。最後は壁に書かれた例の文字を拡大鏡で一字ずつ仔細《しさい》に眺めた。調査を終えて、巻き尺と拡大鏡をポケットにしまったときには、いかにも満足そうな顔つきだった。

「〝天才とは苦痛に耐えうる無限の能力なり〟という言葉があるね」ホームズは笑顔で言った。「やや乱暴な定義ではあるが、探偵業にはぴったりあてはまるよ」

それまでグレグスンとレストレイドの両警部は、同業者ともいえる素人探偵の調査を好奇心と軽蔑《けいべつ》の織りまざった顔で見守っていた。シャーロック・ホームズの行動には、どんなささいなものであれ、必ずなんらかの明確かつ実際的な目的があるということが私にはうすうすわかりかけてきたが、この二人の刑事はまだ気づいていないようだ。

「どう思われますか、ホームズさん？」二人は口をそろえて訊《き》いた。

「僕がでしゃばると、きみたちの手柄を横取りすることになるんじゃないかな」ホームズが答える。「それに、お二人ともいまのところ調子は上々のようだから、よけいな口出しは慎むことにします」皮肉たっぷりの口調だ。「ただし、今後も警察の捜査状況を報告してもらえれば、協力は惜しまないつもりですよ。ところで、第一発見者の巡査に会ってみたいんですが、名前と住所を教えてくれませんか？」

レストレイド警部が手帳を見て答えた。「名前はジョン・ランス。いまはちょうど非番なので、自宅にいるでしょう。ケニントン・パーク・ゲイトのオードリー・コート四六番地です」

ホームズは住所を書き留めた。

「行こう、ワトスン。さっそくその巡査を訪ねてみよう。あ、そうそう」ホームズは二人の警部を振り向いた。「事件について、参考になりそうなことを少し教えてあげますよ。これは他殺で、犯人は男です。身長が六フィート以上ある血気盛んな壮年。身長のわりに足は小さく、爪先《つまさき》の角張った安物の深靴を履き、トリチノポリ葉巻を吸っています。この家には被害者と一緒に四輪辻《つじ》馬車でやって来ました。馬の蹄鉄《ていてつ》は右の前足だけが新しく、ほかの三つは古い。それから、たぶん犯人は赤ら顔で、右手の爪がだいぶ伸びています。まあ、わかるのはせいぜいこれくらいですが、多少は役に立つでしょう」

レストレイドとグレグスンはそろって疑わしげな薄笑いを浮かべ、ちらっと目配せし合った。

「他殺だとおっしゃいますが、そうなると手口は？」レストレイドが尋ねる。

「毒殺ですよ」シャーロック・ホームズはそっけなく答え、颯爽《さっそう》と歩きだした。「レストレイド君、あとひとつだけ」戸口でいきなり振り返った。「〝RACHE〟というのはドイツ語でラッヘ、つまり〝復讐《ふくしゅう》〟の意味です。よって、レイチェル嬢捜しは時間の無駄だからやめたほうがいい」

それを捨て台詞《ぜりふ》に、あっけにとられている二人のライバルをその場に残し、ホームズは悠然と立ち去った。

第4章　ジョン・ランス巡査の証言

私たちがローリストン・ガーデンズ三番地を出たとき、時刻は午後一時をまわっていた。シャーロック・ホームズはまず最寄りの電報局へ行き、長文の電報を打った。そのあと辻馬車をつかまえて、レストレイド警部から聞いた住所を御者に告げた。

「じかに入手する証言ほど有益なものはないからね」馬車のなかでホームズが言った。「本当のことを言うと、事件解決のめどはもう立っているんだが、得られる情報があるなら得ておくに越したことはない」

「それにしても、さっきはびっくりしたよ、ホームズ。警部たちの前で事件の状況や犯人像を詳しく語ってみせたが、あれはべつに確信があったわけじゃないんだろう？」

「いいや、すべて的確に言い当てたはずだよ。現場へ行って真っ先に目に入ったのは、歩道の縁石寄りに残っていた二本の轍《わだち》だった。考えてごらん、昨晩までは一週間ほど雨は一滴も降らなかったろう？　よって、あの深い馬車の跡は昨夜ついたものにちがいない。それから馬の蹄《ひづめ》の跡もあった。ひとつはほかの三つより輪郭がくっきりとしていたから、蹄鉄が新しいと判断できる。いいかい、馬車が来たのは雨が降りだしたあとだ。そして、今朝はまだ一台もあそこを通りかかっていないとグレグスンが断言していた。ということは、馬車は夜のあいだに来たわけで、よって問題の二人の人物をあの家まで乗せてきた馬車と考えてまちがいない」

「そんな簡単なことだったのか。しかし、犯人の身長までどうしてわかるんだい？」

「いいかい、きみ、人間の身長はほとんどの場合、歩幅から予測できるものなんだ。面倒だからいちいち数字は挙げないが、しごく単純な計算だよ。その男の歩幅は外のぬかるんだ地面でも室内の埃の上でも測定することができたし、算出した身長が正しいことを裏付ける証拠も残されていた。人が壁になにかを書くときは、無意識に自分の目の高さに書くものだ。例の血の文字は床から六フィートちょっとの位置にあった。というわけで、お茶の子さいさい、子供のお遊びだよ」

「じゃあ、その人物の年齢はどうやって推定したんだい？」

「ああ、それは、幅四フィート半のものを軽々とひとまたぎできるなら、よぼよぼの老人であるわけがないからさ。なんのことかというと、男が歩いたにちがいない庭の小道に四フィート半くらいの水たまりがあったんだ。エナメル靴の足跡はその水たまりをよけて通っていたが、爪先の角張った靴のほうはひょいと飛び越えていた。よって、答えは明々白々だ。例の論文で僕が唱えた観察と推理の原則を、ほんの少し日常生活に応用しただけの話さ。ほかにわからないことはあるかな？」

「指の爪とトリチノポリ葉巻は？」私は尋ねた。

「壁の文字は人差し指を血に浸して書いたものだった。拡大鏡で見たら、漆喰《しっくい》に小さな引っかき傷が残っていたんだ。爪が短く切ってあれば、書くときにそんな傷はつかないはずだ。葉巻のほうだが、床に散らばっていた灰を集めたところ、色が黒っぽくて薄片状だった。燃えたあとにそういう灰になるのはトリチノポリ葉巻だけだよ。僕は葉巻の灰にかけては専門家なんだ。研究論文を発表しているくらいにね。自慢じゃないが、一般に知られている銘柄なら、葉巻だろうと刻み煙草だろうと、灰を見ただけで簡単に識別できる。こういう緻密《ちみつ》な才能こそが、グレグスンやレストレイドのような連中と優秀な探偵との差なんだ」

「じゃあ、犯人が赤ら顔だというのは？」私は訊いた。

「うむ、あれは少し飛躍した推理ともいえるが、はずれてはいないと思う。いまの段階では、ひとまずそれは棚上げにしてくれたまえ」

私は額に手をあてた。「なんだか頭がくらくらしてきた。考えれば考えるほど謎が深まるばかりという気がするよ。そもそも二人の男は――二人とすればの話だが――どうして空き家へなんか入ったんだ？　彼らを乗せてきた馬車の御者はいまごろどうしているんだ？　犯人がどうやって被害者に毒を飲ませたのかもわからない。それに、あの血は誰のものだろう。被害者がなにも盗まれていなかったとすれば、犯行の目的はなんだろう。それから、女性の指輪がどうしてあそこに？　しかしなによりわからないのは、第二の人物がRACHEというドイツ語を壁に書き残していった理由だ。残念ながら、こうした事実すべてにすっきりと説明がつく解答はひとつも思い浮かばないよ。降参だ」

ホームズは、ねぎらうような笑みをたたえた。

「よくできた。疑問点が簡潔に要領よくまとまっているね。僕は今回の事件について、すでに大筋は把握しているつもりだが、依然として不明な点がたくさんあることも事実だ。ただしこれだけははっきりしている。レストレイドが発見した壁の文字は、社会主義運動や秘密結社の存在を匂わせることで、警察の目をあざむこうとする小細工だよ。あれはドイツ人が書いたものではない。きみも気づいたと思うが、Aの文字はたしかにドイツ流の書体らしく見えた。しかし本物のドイツ人なら必ずラテン文字を使う。よって、書いたのはドイツ人ではない。ドイツ人のふりをしようとしたが、大げさにやりすぎてしくじった不注意な人間だ。早い話が、捜査を攪乱《かくらん》するための陽動作戦だったのさ。だがワトスン博士、これ以上の説明は控えておくよ。手品師は種明かしをしたとたん、なんだそんなことかと観客からつまらなそうな目で見られるだろう？　僕の場合も同じだ。あまり手の内を明かすと、しょせん平凡なありふれた人間だったのかときみに失望されるといけないからね」

「失望なんかするものか」私はきっぱりと言い返した。「きみは探偵術を精密な科学に限界まで近づけるという、前人未踏の偉業を成し遂げたんだから」

私の熱のこもった賛辞が嬉《うれ》しかったのだろう、ホームズは頬を紅潮させた。すでに気づいていたことなのだが、探偵としての才能を賞賛されたときの彼は、美しいと褒められた乙女のように繊細な表情を見せるのだ。

「じゃあ、もうひとつ教えよう。エナメル靴の男と爪先《つまさき》が角張った靴の男は同じ辻馬車で例の家へ行き、親しげに、おそらくは腕を組んで庭の小道を歩いた。家に入ってからは室内をさかんに歩きまわった――具体的に言うと、エナメル靴の男はじっと立ったままで、角張った爪先のほうがしきりに行ったり来たりしていた。床の埃《ほこり》からそう判断できる。歩きまわっていた男が次第に感情を高ぶらせていったことも明らかだ。歩幅が大きくなっていたからね。動きながらしゃべっているうちに、激情に駆られたんだろう。それが惨劇につながったと思われる。目下わかっているのはこれで全部だ。それ以外は単なる推量か憶測にすぎない。とはいえ、調査に着手するための材料は充分そろった。さあ、急がなくては。午後はノーマン・ネルーダのヴァイオリンを聴きにハレ管弦楽団の演奏会へ行きたいんだ」

こんな会話を交わしているあいだにも、馬車はすすけた通りや寂しい路地を抜けて、ぐんぐん進んでいた。やがて御者は、ほかよりも一段とすすけた寂しい道で馬車を急停止させた。「オードリー・コートはあの奥です」と言って、くすんだレンガの壁にはさまれた細い通路を指差した。「ここで待ちますんで」

オードリー・コートは面白味のない場所だった。狭い通路を入っていくと板石を敷いた四角い中庭が現われ、そこを取り囲むようにみすぼらしい家がごみごみと建ち並んでいた。薄汚れた子供の群れをかき分け、色あせた洗濯物の列をくぐり、ようやく四六番地の家にたどり着いた。玄関のドアの小さな真鍮《しんちゅう》板にランスという名前が彫られている。応対に出てきた者にランスとの面会を求めると、巡査はいま就寝中なのでしばらくお待ちを、と言われ、表側の小さな客間へ通された。

ランスはまもなく現われたが、眠っていたところを起こされてご機嫌斜めの様子だった。

「詳しいことは署に報告してあるんですがね」

ホームズはポケットから半ソヴリン金貨を出し、てのひらで思わせぶりに転がしながら言った。「ぜひともきみの口からじかに聞きたいんだ」

「そこまでおっしゃるんなら、話せることはなんでも話しますよ」巡査は金貨を見つめながら答えた。

「では、実際に起きたことをありのままに話してもらいたい」

ランスは馬巣織りのソファに腰を下ろすと、眉間《みけん》にしわを寄せた。漏らさずなにもかも話そうと決め、神経を集中させているようだ。

「最初から順を追ってお話しします。わたしがパトロールの任務に就くのは夜十時から朝六時までです。巡回中は十一時頃に〈白鹿亭〉の酔った客が喧嘩《けんか》騒ぎを起こしたくらいで、まずまず静かな晩でした。ちょうど雨が降りだした午前一時頃、ホランド・グローヴ地区を受け持つ同僚のハリー・マーチャー巡査と会ったんで、ヘンリエッタ街の角で軽く立ち話をしました。そのあと、たぶん二時か、二時を少し過ぎてたかもしれませんが、もうひとまわりしてブリクストン通りに異状がないかどうか見てこようと思いました。悪天候の陰気な晩でしたから、途中で馬車が一、二台通り過ぎてったくらいで、人影はまったくありませんでした。ここだけの話ですが、一杯四ペンスのホット・ジンでもひっかけりゃ、しゃきっとするんだがな、と考えながら歩いてましたよ。そのときふと、例の家の窓に明かりがついてるのに気づいたんです。あのローリストン・ガーデンズの二軒が空き家になってることは前から知ってました。片方の借家人が腸チフスで死んだってのに、家主ときたら配水管をいっこうに直そうとしないんですよ。それじゃあ借り手がつくわけありませんやね。だから窓の明かりを見たとたん、こいつは妙だなと思いました。で、家の玄関へ行くと――」

「立ち止まって、庭木戸まで引き返したんだね」ホームズが口をはさんだ。「どうしてそんなことを？」

ランスはぎょっとして、狼狽《ろうばい》のくっきりとにじむ顔でホームズを凝視した。

「はあ、あの、実はそのとおりなんです」巡査は言った。「いや、驚きました。よくご存じですね。どうして引き返したかというと、玄関の前まで行ったらやけにしんとして薄気味悪かったんで、誰かに一緒に来てもらったほうがいいと思ったんです。この世のものならこれっぽっちも怖くはありませんが、あの世のものとなると話は別だ。ひょっとしたら、腸チフスで死んだ男が恨めしくて配水管を調べに来たかもしれんでしょう。そう考えたら急にぞっとして、通りにマーチャーの手提げランプが見えないかと門まで引き返したんです。マーチャーもほかの人間もいませんでしたがね」

「通りには誰もいなかったわけだね?」

「ええ、生き物は。犬一匹見かけませんでしたよ。しょうがないんで気を取り直して玄関へ戻り、ドアを開けました。家のなかは静まりかえってたんで、すぐに明かりの見えた部屋へ行ってみたんです。そうしたら、マントルピースの上にちらちら燃えてるろうそく――赤いろうそくがあって、その明かりで――」

「なにを見たかはわかっているから、先へ進もう。きみはしばらく室内を歩きまわったあと、死体のそばにひざまずいた。それから食堂を出て、廊下の奥にある台所のドアを開けようとした。さらに――」

ジョン・ランスは恐怖におののいて飛びあがり、目に猜疑心《さいぎしん》を浮かべた。「さては隠れて見ていたな? いったいどこにいた!」大声で怒鳴った。「そんなに細かく知ってるとは、おまえ、怪しいじゃないか!」

ホームズは声をあげて笑い、テーブル越しに巡査のほうへ名刺を放った。「僕を殺人罪で逮捕するなどという早まったまねはやめたまえ。僕の役柄は猟犬であって、追われる狼のほうじゃないからね。疑うなら、グレグスン警部とレストレイド警部に訊《き》いてみるといい。では先を続けて。次にどうしたんだ?」

ランスは再び腰を下ろしたが、まだ納得しきれない表情だった。「門まで戻って、呼び子を吹きました。マーチャーと、ほかに二人の警官が現場に駆けつけてきました」

「そのときも通りには誰もいなかったのか？」

「はあ、まあ、そうですね。正気のやつは」

「どういう意味だ？」

巡査はにやりと笑った。「深夜のパトロールではいやというほど酔っぱらいを見てきましたが、あそこまで泥酔したやつは初めてですよ。家から出ていくと、そいつが門のところにいたんです。柵《さく》にもたれかかって、コロンビーンがどうの、最新流行の旗《ニュー・ファングルド・バナー》（訳注：『アメリカ愛国歌』〈ヘイル・コロンビア〉か『星条旗』〈スター・スパングルド・バナー〉を示唆していると思われる）がどうのと、あたりかまわず大声で歌ってました。立ってるのもままならないほど酔いつぶれてちゃ、なんの役にも立ちませんよ」

「どんな男だった？」ホームズが訊く。

ジョン・ランスは話の途中で口をはさまれたのが気に食わなかったようだ。「だから言ってるでしょう、正体をなくすほどぐでんぐでんに酔った男だって。取りこみ中でなかったら、ブタ箱に放りこんでやったんですが」

「顔とか服装とか、なにか覚えていることはないのか？」ホームズがじれったそうに尋ねた。

「ありますとも。マーチャーの手を借りて抱き起こしてやったとき、はっきりと見ましたから。背が高くて、赤ら顔でしたね。あと、顔の下半分はマフラーらしきものを巻いていて——」

「もう、けっこう」ホームズが大声でさえぎった。「で、その男はどうした?」

「こっちは酔っぱらいの相手なんかしてる場合じゃないですからね」巡査は苦々しげに答えた。「一人でどうにか無事に帰ったでしょう」

「男の服装は?」

「茶色のコートを着てました」

「鞭《むち》を持っていたね?」

「鞭? いいえ」

「じゃあ、どこかに置いてきたんだな」ホームズはつぶやいた。「そのあと馬車を見かけるか、馬車の音を聞くかしなかったか?」

「いいえ」

「この半ソヴリンはお礼だ」ホームズはそう言って、帽子を手に立ちあがった。「ランス、きみは警察では出世できそうにないね。いいか、頭は使うためにあるんだ。ただの飾りじゃない。昨晩あんなへまをやらなければ、巡査部長に昇進できただろうにな。きみが抱き起こしてやった男こそ、今回の事件の鍵《かぎ》を握る重要な人物であり、われわれが血眼になって捜している相手なんだ。まあ、いまさらこんなことを言っても遅いが、事実だから伝えておくよ。じゃ、行こうか、ワトスン」

きょとんとしながらも、明らかに動揺した顔つきのランス巡査をあとに残し、私たちは馬車の待っている場所へ引き返した。

「あのぼんくらめ！」下宿へ戻る途中、ホームズはいきり立って言った。「千載一遇のチャンスをみすみす取り逃がすとは、なんという醜態」

「いまひとつ事情がのみこめないんだが。たしかにその酔っぱらいの人相はきみが話していた第二の人物にあてはまる。しかし、逃げたあとでわざわざ犯行現場へ舞い戻るだろうか？　犯人なら、そんなことはしないんじゃないかな」

「指輪だよ、きみ。やつは指輪を探しに戻ったんだ。こっちはたとえ万策尽きたとしても、あの指輪さえあれば、それを餌にいつでもおびき出せる。ワトスン、必ず犯人を捕らえてみせるよ。なんだったら二対一で賭《か》けてもいい。それはそうと、すべてはきみのおかげだ。きみがいなかったら、僕は現場へ出かけていく気が起こらなくて、この願ってもない研究対象を逃していたかもしれないからね。名づけて『緋色《ひいろ》の研究《study》』だな。こういう気取った美術用語（訳注：ｓｔｕｄｙには習作の意もある）もまんざら捨てたものではないだろう？　人生という無色のもつれた糸の束には、殺人という緋色の糸がまじっている。僕らの仕事は、糸の束を解きほぐして緋色の糸をより出し、端から端までをつまびらかにすることなんだ。さて、すぐに昼食を済ませて、ノーマン・ネルーダを聴きに行くとしよう。彼女の演奏術はアタックといい、ボウイングといい、実に鮮やかだ。とりわけすばらしかったあのショパンの小品、曲名はなんだったかな？　トゥラ・ラ・ラ、リラ・リラ・レイ……」

　素人探偵は馬車の座席にゆったりともたれ、雲雀《ひばり》のように楽しげにさえずり続けた。そのかたわらで私は、人の心はこんなにも多様な面を宿しているものなのかと驚きながら、じっくりと思いにふけったのだった。

第5章　広告を見た来訪者

体調が万全でないというのに朝から活発に動いたつけがまわったのか、午後は疲れが出てぐったりしてしまった。そこでホームズが演奏会へ出かけてしまうと、二時間くらい眠るつもりでソファに横たわった。ところが、なかなか寝つかれなかった。事件のせいで神経が高ぶっていたため、きてれつな想像や突拍子もない考えが頭のなかへどっと押し寄せてくるのだ。目を閉じるたび、殺された男の狒々《ヒヒ》のような醜くゆがんだ顔がまぶたに浮かんだ。あまりにおぞましい形相なので、この世からああいう顔の持ち主を抹消した犯人には感謝の念しか抱けないほどだった。もし極悪人を象徴する人相というものが存在するならば、クリーヴランドのイーノック・J・ドレッバーの顔こそがまさにそれだと思った。しかし、いかなる事情であれ、正義はおこなわれるべきだとわかっている。たとえ被害者が悪行のかぎりを尽くしていようと、彼を殺した者は法の裁きを受けなければならない。

事件について考えれば考えるほど、あれは毒殺だというホームズの説が荒唐無稽《こうとうむけい》に思えてきた。そういえば、彼は現場で被害者の口の匂いを嗅《か》いでいたから、毒殺だと言い切るだけの根拠を見つけたのだろう。それに、死体には外傷も首を絞められた痕《あと》もなかったのだから、毒殺でないとすれば、ほかにどんな死因があるというのか。しかし、もし毒殺だとすると、床にこぼれていたおびただしい量の血はいったい誰が流したんだ？　現場には格闘の痕跡《こんせき》や凶器は見あたらなかったので、被害者が加害者に傷を負わせたとは考えにくい。こうした疑問がすっかり氷解しないうちは、ホームズも私も決して安眠はできないだろう。もっとも、彼の余裕綽々《よゆうしゃくしゃく》たる態度からすると、すでに事件の全容を明らかにする仮説を立てているにちがいなかった。どんな仮説なのかは、私には想像もつかなかったが。

ホームズの帰りはかなり遅かった――演奏会だけでこんな時刻になるはずはないと断定できるくらいに。食卓にはすでに夕食の用意が整っていた。

「すばらしかったよ」席に着くとホームズは言った。「ダーウィンが音楽についてなんと言ったか覚えているかい？　音楽を生みだしたり鑑賞したりする能力は、言語能力よりもずっと昔から人類にそなわっていたそうだ。人が音楽から名状しがたい繊細な感動を味わうのは、おそらくそのせいだろうね。僕らの心には、世界がまだ幼年期にあって謎に包まれていた太古の時代の、おぼろな記憶が宿っているんだよ」

「ずいぶんとまた壮大な説だね」

「天地万物を解釈しようと思ったら、それに見合った壮大な思考が必要だ」ホームズはさらりと言ってのけた。「ところで、だいじょうぶかい？　顔色が悪いようだが。ブリクストン通りの惨事が身体にさわったのかな」

「実を言うと、そのとおりなんだ。アフガニスタンであれほど過酷な経験をしたんだから、もっと肝が据わっていてもいいはずなんだが。マイワンドの戦闘では、目の前で戦友が無残に命を散らしてもぜんぜん怖じ気づかなかったのに」

「わかるよ。今回の事件には想像力を刺激する謎めいたものがあるからね。想像力の働かないところには恐怖も生まれない。ところで、夕刊は読んだかい？」

「いいや」

「事件の詳しい記事が載っている。だが、死体を担ぎあげたときに女性の結婚指輪が転がり落ちたことには触れていない。そのほうが、かえって好都合だけどね」

「なぜだい？」

「この広告を見たまえ。今日、事件現場を出てすぐに、ひととおり全部の新聞に掲載を頼んでおいた」

ホームズが新聞を投げてよこしたので、私は示された箇所に目をやった。それは〈遺失物拾得欄〉の最上段だった。

　今朝、ブリクストン通りにある〈白鹿亭〉とホランド・グローヴのあいだの路上で、金の平型の結婚指輪を拾得。心当たりのある方は、今夜八時から九時までのあいだにベイカー街二二一番地Bのワトスン博士をお訪ねのこと。

「勝手に名前を借りて申し訳ない」ホームズは詫《わ》びた。「だが僕の名前にすると、あのとんまな警部どもが嗅ぎつけて、しゃしゃり出てきそうだからね」

「名前のことなら、いっこうに差しつかえないよ」私は言った。「ただ、本当に誰かが訪ねて来たら困るな。こっちには指輪がない」

「あるよ。ほら、これだ」ホームズは私に指輪を手渡した。「そいつで充分だろう。見た目はそっくりだから」

「この広告を見てどういう人物が来るか、予測はついているのかい?」

「もちろんさ。茶色のコートの男だよ。爪先《つまさき》が角張った靴を履いた赤ら顔のね。たとえ本人は現われなくても、仲間をよこすはずだ」

「危険が大きいとみて、あきらめるんじゃないかな」

「それはありえない。僕の見解が正しければ――どう考えても正しいに決まっているんだが――その男は指輪を取り戻すためなら、いかなる危険もかえりみないはずだ。たぶんドレッバーの死体にかがみこんだとき、知らずに落としたんだろうね。そして家を出てから指輪がないことに気づいた。急いで引き返したが、ろうそくの火を消し忘れたせいで早くも犯行が発覚し、警官が駆けつけていた。門のそばでうろついているのを怪しまれてはまずいと、やむなく酔っぱらいのふりをしたわけだ。さあ、ここで男の立場になってみよう。

どうしたものか考えをめぐらせるうち、指輪は家を出たあとに路上で落としたのかもしれないと思い始める。では次にどうするか？　誰か拾った者はいないかと、夕刊の〈遺失物拾得欄〉に注意深く目を通すはずだ。当然、この広告が目に留まる。きっと快哉《かいさい》を叫んだろうね。罠《わな》だと思うわけないさ。道に落ちていた指輪が例の殺人事件と結びつけて考えられる理由はひとつもないんだからね。やつは来るよ。きっと来る。一時間以内に必ずお目にかかれるさ！」

「来たらどうするんだい？」私は訊《き》いた。

「直接のやりとりは僕に任せてくれ。武器は持っているかい？」

「ああ、以前使っていた軍用拳銃《けんじゅう》と弾丸が少し」

「じゃ、手入れをして装弾しておいたほうがいい。相手は自暴自棄になってなにをするかわからないからね。そういう事態に発展しないよう巧みに敵の不意をつくつもりだが、用心に越したことはない」

私は寝室へ行って、ホームズに言われたとおりにした。ピストルを手に居間へ戻ると、食卓はきれいに片付けられていて、ホームズは愛用のヴァイオリンを夢中でかき鳴らしているところだった。

「話が込み入ってきたぞ」私に気づいてホームズが言った。「たったいまアメリカから電報の返事が来た。やっぱり僕のにらんだとおりだったよ」

「というと？」私は知りたくてうずうずした。

「このヴァイオリンは弦を張り替えたほうがよさそうだな。ピストルをポケットにしまいたまえ。男が来たら、普段どおりの調子で迎え入れてくれ。あとは僕がやる。じろじろ見て、彼を不安にさせるようなことがないよう頼むよ」

「八時になった」私は時計を見て言った。

「ああ、あと数分で現われるだろう。ドアを少しだけ開けてくれないか。よし、それでいい。鍵《かぎ》を内側から差しこんでもらえるかい？　ありがとう！　ところで、この古本は昨日露店で見つけたんだが、なかなか興味深いよ。『諸民族の法』という、一六四二年にロウランズのリュージュで出版されたラテン語の本なんだ。この茶色い背表紙の小さな本が印刷されたとき、チャールズ一世の肩にはまだ首が乗っかっていたわけか」

「印刷者は誰だい？」

「フィリップ・ド・クロワだ。どんな人物かは知らない。見返しに色あせてかなり薄くなったインクの文字で、〈グリエルミ・ホワイト蔵書〉と書いてある。英語だとウィリアム・ホワイトになるわけだが、何者だろう？ 十七世紀の実用主義の法学者といったあたりかな。癖のある筆跡がいかにも法学者らしい。おや、どうやらおでましのようだ」

ホームズがそう言っているそばから玄関の呼び鈴がけたたましく鳴りだした。彼は静かに立ちあがると、椅子をドアのほうへ移動させた。メイドが玄関ホールを横切っていき、ドアの掛け金をカチリとはずす音がした。

「ワトスン博士のお宅はここでしょうか？」よく通るが、少ししゃがれた声だった。メイドの返事は聞こえなかったが、ドアが閉まって誰かが階段を上がってくるのがわかった。おぼつかない感じの引きずるような足音だ。それを聞いて、ホームズの顔に驚きの色がよぎった。足音はのろのろと廊下を進み、まもなくドアに弱々しいノックの音がした。

「どうぞ」私は大きな声で言った。

すると、予想していた粗暴な男とは似ても似つかない、しわだらけの老婆が、ひょこひょこと部屋へ入ってきた。急に明るいところへ来たせいで、まぶしさに目がくらんだ様子だったが、軽く膝《ひざ》を曲げてお辞儀をし、ただれた目をしょぼしょぼさせて私たちを見ながら、小刻みに震える指でポケットを手探りし始めた。横目でホームズの様子をうかがうと、いかにも落胆した表情だったので、私も平静をよそおうのに少々苦労した。

老婆は夕刊を取りだして、問題の広告を指差した。「ここに書いてある、ブリクストン通りに落ちていた金の結婚指輪というのは、うちの娘のサリーのものでございます。結婚してまだ一年ほどで、亭主はユニオン汽船の客室係をしております。帰宅して、女房が指輪をなくしたと知ったら、きっとただでは済まないでしょうよ。普段から気の短い人なんですが、お酒が入るとますます手がつけられなくなりましてね。実を申しますと、娘はゆうべ広場へ出かけ……」

老婆は夕刊を取りだして、問題の広告を指差した。

「この指輪ですか？」私は尋ねた。

「おお、なんてありがたい！」老婆が叫んだ。「これでサリーも今夜は安心して眠れます。

その指輪にまちがいございません」

「では、住所を教えてください」私は鉛筆を手に取って訊いた。

「ハウンズディッチのダンカン通り一三番地でございます。ここからはだいぶ離れておりましてねえ」

「ハウンズディッチからだと、どこの広場へ行くにもブリクストン通りは通らないはずです」ホームズが横からぴしゃりと言った。

老婆はすばやく振り向いて、縁が赤くなった小さな目でホームズをにらみつけた。「こちらの方がお尋ねになったのは、わたしの住所でございますよ。サリーはペカムのメイフィールド・プレイスに間借りしております」

「お名前をうかがっておきましょう」

「わたしはソーヤーで、娘はデニスといいます。あれの亭主のトム・デニスは海に出ればけっこうしゃんとしてますんで、会社の客室係のなかでは誰にもひけをとらないんですよ。でも陸《おか》へあがりますとねえ、女癖は悪いわ、酒癖は悪いわで、もういいかげん――」

「ではソーヤーさん、指輪をお渡ししましょう」私はホームズの合図に従って、老婆のおしゃべりをさえぎった。「娘さんのものにまちがいないようですからね。持ち主にお返しできて、私もほっとしましたよ」

老婆は祝福や感謝の言葉を立て続けにもぐもぐとつぶやいてから、指輪を大切そうにポケットにしまい、足を引きずりながら階段を下りていった。老婆がいなくなったとたん、ホームズはさっと立ちあがって自分の部屋へ駆けこんだ。そして一分も経たないうちにアルスター外套《がいとう》にスカーフというでたちで現われた。

「あとをつけてくる」ホームズは早口で言った。「あの女は犯人の仲間に決まっているから、追跡すれば例の男の居所がわかるはずだ。僕が帰るまで起きて待っていてくれ」

玄関のドアが閉まって老婆が外へ出るのとほぼ同時に、ホームズは階段を下りていった。窓からのぞくと、通りの向こう側をよぼよぼと歩く老婆の姿が見えた。そのあとをホームズが少し距離をおいて追っていく。私は内心でつぶやいた。「これはホームズの推理が完全にはずれていたか、いよいよ事件の核心に迫ろうとしているかのどちらかだな」ホームズに言われるまでもなく、彼の帰りを寝ないで待つことになりそうだった。冒険の結末を聞くまでは眠れるはずないのだから。

ホームズが出ていったのは九時近くだった。いつ頃戻ってくるのかさっぱり見当がつかなかったが、私は椅子に座ってぼんやりとパイプをふかしたり、アンリ・ミュルジェールの『ボヘミアン生活の情景』を拾い読みしたりしていた。やがて十時をまわり、メイドがぱたぱたと寝室へ向かうのが聞こえた。さらに十一時を過ぎると、今度は下宿の女主人の堂々とした足音が寝室に向かって居間の前を通り過ぎていった。ようやく玄関で掛け金をはずす音が聞こえたときは、すでに十二時近かった。部屋に入ってきたホームズを一目見るなり、尾行は失敗に終わったのだとわかった。愉快な気分と悔しさがせめぎあっているような表情だったが、やがて前者が主役の座におさまったのだろう、ホームズは唐突にげらげら笑いだした。

「この顛末《てんまつ》はスコットランド・ヤードには絶対に知られたくないな」大声で言うと、椅子に勢いよく身を投げだした。「いままでさんざん連中をからかってきたから、しっぺ返しを食って一生冷やかされそうだ。まあ、それでもこうして笑っていられるのは、最後には借りを返してやる自信があるからなんだが」

「なにがあったのか話してくれないか？」

「いいとも。失敗談であれなんであれ、かまわず披露するよ。あのばあさん、しばらくすると歩き方がおかしくなってね、さも足が痛そうな様子だった。まもなく立ち止まって、ちょうど通りかかった辻《つじ》馬車を呼び止めた。御者に行き先をなんと告げるのか聞こうと、僕はさりげなくそばへ寄っていったんだが、その必要はなかったよ。道の反対側まで届きそうな大声で、〝ハウンズディッチのダンカン通り一三番地まで〟とのたまってくれたからね。ということは本物の住所だったのか、と思いながら、ばあさんが乗りこむのを見届けて馬車の後ろにしがみついた。いいかい、これは探偵なら必ず身につけておかなければならない技なんだ。で、馬車はガラガラと走りだし、ダンカン通りにさしかかるまで一度も速度をゆるめなかった。僕は一三番地の家まで行かないうちに馬車から飛び降りて、そこからはぶらぶらと歩いていった。やがて前方で馬車が停まった。御者が降りてきてドアを開け、客が出てくるのを待った。ところがいっこうに現われない。僕がそばへ近づいたとき、御者は慌てふためいて空っぽの座席を手探りしながら、実に多種多様なののしり言葉をまき散らしていたよ。だが客の姿は影も形もないんだから、いくら毒づいたって乗車賃は出てきやしない。御者と一緒に一三番地を訪ねたところ、家の主はケジックというれっきとした壁紙張り職人だった。ソーヤーだのデニスだのといった名前は聞いたこともないそうだ」

「おいおい、ちょっと待った」私は驚いて言った。「まさか、あのよぼよぼのばあさんがきみにも御者にも気づかれずに走行中の馬車から飛び降りた、なんて言うんじゃないだろうね」

「ふん！　いまいましい似非《えせ》ばあさんめ！」シャーロック・ホームズは吐き捨てるように言った。「もうろくしているのはこっちのほうだよ。まんまと一杯食わされた。あれは若い男だったんだ。敏捷《びんしょう》で、しかも役者の素質充分ときている。変装術も巧みとしか言いようがない。尾行されていると気づいて、とっさにああいう手段で僕をまいたんだろう。どうやら、僕らが追っているのは孤立無援の男ではないようだ。やつのためなら危険を承知のうえで協力する仲間がいるらしい。さて、ワトスン、ずいぶんくたびれた顔だね。そろそろ休んだほうがいいよ」

私は実際にへとへとに疲れきっていたので、助言に従うことにした。部屋を出るとき、ホームズは燃え尽きかけた暖炉の前に座っていた。寝室へ行ってからもしばらく寝つかれずにいると、哀愁を帯びた低いヴァイオリンの音色が聞こえてきた。ホームズは自ら解明に乗りだしたこの奇怪な事件について、じっと思案しているらしかった。

第6章　グレグスン警部の活躍

翌朝の新聞は、この事件を〈ブリクストンの怪事件〉と呼んで大々的に報じた。紙面をたっぷり割いて詳細な記事を載せ、新聞によっては社説でも取りあげていた。そこには私の知らない事実もいくつか含まれていた。当時の記事の切り抜きや抜粋をスクラップ帳に大量に保存してあるので、その一部を要約してお目にかけよう。

《デイリー・テレグラフ》紙は、犯罪史上ほかに類を見ない不可解きわまる悲劇、と表現したうえで、事件についてこのように述べている。被害者の姓はドイツ系で、殺意以外の動機はいっさい見あたらず、壁にはまがまがしい文字が残されていた。以上の点から考えうるのは、政治的亡命者か革命家による犯行である。もとより、アメリカには社会主義者の下部組織が無数に存在する。被害者はおそらく組織の不文律を破ったため、お尋ね者となり、この国まで追われてきたのであろう、と。記事はさらに調子づいて、フェーメ裁判所（訳注：中世ドイツの秘密刑事法廷）、トファナ水（訳注：十七世紀にシチリアのトファーニアという老女が作った毒薬）、カルボナリ党（訳注：十九世紀初めにナポリで結成された秘密結社）、ブランヴィリエ侯爵夫人（訳注：遺産目当ての毒殺を繰り返した十七世紀のフランス人）、ダーウィンの進化論、マルサスの人口論、〈ラトクリフ街道殺人事件〉（訳注：十九世紀にロンドンのイースト・エンドで服地商を営むマー一家が惨殺された事件）等々の事例をさりげなく列挙し、文の最後でイギリス国内の外国人に対する監視体制を強化するよう政府に警戒を促している。

《スタンダード》紙は、このような法律を踏みにじった蛮行はつねに自由党政権下で起きている、と指摘した。その原因として、世に蔓延する不安や、あらゆる権威の弱体化を挙げ、事件のあらましを次のように伝えている。被害者のアメリカ人紳士は数週間前にロンドンへやって来た旅行者で、カンバーウェルのトーキー・テラスにあるシャルパンティエ夫人の下宿に滞在していた。ジョゼフ・スタンガスンなる個人秘書を同行させての旅だった。今月三日の火曜日、両氏はシャルパンティエ夫人にいとまを告げ、リヴァプール行きの急行列車に乗る予定でユーストン駅へ向かった。のちに同駅のプラットホームで二人の姿が目撃されている。しかし、その後の足取りは不明で、すでに報じられたとおり、ドレッバー氏の遺体がユーストン駅から遠く離れたブリクストン通りの空き家で発見されたことを除き、すべてが闇のなかである。ドレッバー氏はなぜそこへ行ったのか、なぜそのような最期を遂げたのか、依然として謎に包まれている。スタンガスン氏の行方もわかっていない。幸いなことに、スコットランド・ヤードのレストレイド警部とグレグスン警部が事件を担当しており、辣腕《らつわん》を誇る両名の活躍によって事件が速やかに解決されるものと信じている。

《デイリー・ニュース》紙は、この事件が政治がらみの犯罪であることはまずまちがいない、と主張した。大陸諸国では専制主義が幅を利かせ、自由主義への敵意が強まっているため、過去に迫害の憂き目をみた経験さえなければ母国で立派な市民となったはずの人々が、追われるようにしてわが国へ押し寄せている。そうした人々は厳格な掟《おきて》を重んじており、それを破った者はただちに死をもって償わされるという。よって、まずは秘書のスタンガスン氏の捜索に全力を挙げ、それと並行して被害者の身辺を徹底的に洗うべきであろう。被害者のロンドンでの逗留《とうりゅう》先が判明したことで捜査は大きく前進したが、これはひとえにグレグスン警部の獅子《しし》奮迅《ふんじん》の働きによるものである。

これらの記事を、シャーロック・ホームズと私は朝食の席で一緒に読んだ。どれもこれもホームズにとってはお笑いぐさでしかなかったようだ。

「僕の言ったとおりだろう？　実情がどうであれ、手柄は必ずレストレイドとグレグスンに行くと決まっているんだ」

「それは結果次第じゃないかな」

「いいや、そんなものはまったく関係ないね。犯人がつかまれば、両警部のおかげ。つかまらなければ、ご両人の努力もむなしく、ということになる。要するに、〝表が出れば俺の勝ち、裏が出ればおまえの負け〟の状態だ。どっちに転ぼうが、あの二人は大いに健闘をたたえられる。そうそう、フランス語でこういうのがあったね。〝愚か者を褒めるもっと愚かなやつがつねにいる〟」

「おや、なんだろう？」突然、玄関に騒々しい足音が響き、続いてドタドタと階段を駆けのぼってくる音が聞こえた。下宿の女主人が大声で叱りつける声がそれに重なる。

「あれは警察の別働隊、ベイカー街少年団だ（訳注：のちの『四つの署名』ではベイカー街不正規隊〈ベイカー・ストリート・イレギュラーズ〉として登場する）」ホームズは真面目くさった表情で言った。その言葉が終わるか終わらないかのうちに、見たこともないほど汚れたぼろ服の宿無し子たちが、部屋に雪崩を打って飛びこんできた。

「気をつけ！」ホームズが鋭い声で号令をかけると、六人の悪たれどもはみすぼらしい小像のようにさっと整列した。「いいか、これからはウィギンズだけを報告によこして、ほかの者たちは通りで待つように。で、ウィギンズ、見つかったか？」

「まだです、旦那《だんな》」少年の一人が返事をした。

「まあ、そうだろうな。では引き続き目を皿のようにして捜すこと。さあ、駄賃だ」ホームズは全員に一シリングずつ渡してやった。「よし、では解散。次回はもっとましな報告を持ってくるんだぞ」

ホームズが手をひと振りすると、少年たちはネズミの群れのようにすばしっこく階段へ向かい、次の瞬間には外の通りから甲高い声があがっていた。

「あの腕白小僧たちは、警官を一ダース動員するよりもずっと役に立つ」ホームズが言う。「いかにも警官らしい人間の前では、誰でも口を固く閉ざしてしまうものだ。そこへいくと、あの子たちはどこへでももぐりこめるし、どんなことでも訊《き》きだせる。頭の回転が速くて機転も利く。あと必要なのは組織力だけだろうな」

「ブリクストン事件の捜査にあの子たちを使っているのかい？」

「ああ、確かめたいことがひとつあってね。いまにわかるよ。時間の問題さ。おや！　どうやら新しい知らせが届きそうだぞ。道の向こうをグレグスンが上機嫌で歩いている。たぶんここへ来るんだろう。ああ、やっぱりそうだ。立ち止まった。さあ、ご登場！」

玄関の呼び鈴がけたたましく鳴ったかと思うと、すぐに階段を二段抜かしで駆けあがる音が聞こえ、ブロンドのグレグスン警部が私たちの居間へ飛びこんできた。

「やあやあ、どうも！」ホームズの気のない手をぎゅっと握りしめて警部が挨拶《あいさつ》した。「やりましたよ！　この事件、わたしがきれいにかたをつけました！」

余裕をたたえたホームズの顔に、ふと不安の影がさしたように見えた。

「ということは、有望な手がかりでも見つかったんですか？」

「手がかり？　そんな段階は通り越してますよ。犯人をつかまえたんです、犯人を！」

「で、犯人の名前は？」

「アーサー・シャルパンティエという海軍中尉です」グレグスンは厚ぼったい手をこすり合わせながら、得意げに胸を張った。

ホームズは安堵《あんど》のため息をつき、頬をゆるめた。

「まあ、おかけください。よかったら葉巻をどうぞ」ホームズが言った。「その男をつかまえた経緯をぜひうかがいたいですね。ウィスキーの水割りでもどうです？」

「ああ、ではいただきましょうか。この一両日、しゃかりきになって捜査にあたったもんですから、もうへとへとですよ。言うまでもなく、体力より神経のほうがはるかに疲れましたがね。ホームズさんならよくご存じでしょう。お互い頭脳労働者ですから」

「同等に扱ってもらえるとは身に余る光栄です」ホームズは慇懃《いんぎん》に答えた。「では、みごとな成果をおさめたいきさつをお聞かせください」

グレグスン警部は肘《ひじ》掛け椅子《いす》に腰を下ろし、ご満悦の体で葉巻をふかした。そのあと急にこみあげた笑いをこらえ、膝《ひざ》をぴしゃりとたたいた。

「いやはや、滑稽《こっけい》ですよ」グレグスンが大声で話し始めた。「レストレイドときたら、ぼんくらなくせに利口だとうぬぼれて、頑固に見当ちがいの線を追ってるんですからね。秘書のスタンガスンのことですよ。いま時分はもうつかまえてるんじゃないかな。事件とはまったく関係のない赤ん坊同然に無実な男をね」

グレグスンはその場面を想像してさもおかしそうに大笑いし、しまいには息を詰まらせた。

「あなたのほうはどうやって決め手になる証拠をつかんだんです？」

「そのことでしたら、残らずお話ししましょう。ただしワトスン先生、くれぐれも他言無用に願いますよ。まず、われわれが最初にぶつかった難関は、殺されたアメリカ人の身元確認でした。新聞広告を出して反応を待つ、あるいは関係者から自発的に寄せられる情報提供を待つなど、方法はいろいろあるでしょう。しかし、このトバイアス・グレグスンのやり方はちがいます。ホームズさん、死体のそばに帽子が落ちていたんですが、覚えておいでですか？」

「もちろん。カンバーウェル通り一二九番地のジョン・アンダーウッド父子商会の製品でしたね」

グレグスンはひどくがっかりした表情を浮かべた。

「まさかそこまでお気づきとは。で、その帽子屋には行ってみましたか？」

「いいえ」

「おやおや！」グレグスンがほっとした顔つきになる。「チャンスというものは、どんなに小さくてもおろそかにしてはなりませんぞ」

「偉大なる知性に些事《さじ》はなし、ですか」ホームズは格言めいた言葉をはさんだ。

「わたしはちゃんと行きましたよ、アンダーウッド父子商会へ。例の帽子についてサイズや特徴を伝え、売った覚えはないかと尋ねてみたんです。帳簿を調べてもらったら、たちどころに判明しましてね。トーキー・テラスにあるシャルパンティエの下宿屋に滞在していたドレッバー氏に届けたそうです。これで被害者の住所がつかめましたよ」

「おみごと！　上出来です」ホームズがつぶやくように言う。

「次にシャルパンティエ夫人を訪ねました」グレグスンの話は続く。「すると夫人はすっかり青ざめて、かなり思いつめた様子でした。ちょうど娘もその場に居合わせましてね。とびきりの美人なんですが、目の縁を赤く腫《は》らしているし、こっちが話しかけるたびに唇をぶるぶる震わせます。どう見ても怪しいんですよ。わたしはすぐにぴんと来ました。獲物の臭いを嗅《か》ぎつけた猫と同じですな。ホームズさんならおわかりでしょう、本物の手がかりを探りあてた瞬間の、あのぞくぞくするような興奮を。そこで、夫人にこう尋ねました。『最近までお宅に泊まっていたクリーヴランドのイーノック・J・ドレッバー氏が、謎の死を遂げたことはご存じですか？』

夫人は黙ってうなずきました。言葉が出ないという印象でしたよ。しかも娘のほうはわっと泣きだす始末です。この母娘《おやこ》は絶対になにか知っていると確信しました。

『ドレッバー氏が汽車に乗ると言ってここを出たのは何時ですか？』

『八時です』夫人はせりあがってくる動揺をのみ下すようにして答えました。『秘書のスタンガスンさんが、九時十五分発と十一時発の汽車があると言ったら、ドレッバーさんは早いほうのにすると答えていました』

『彼の姿を見たのは、それが最後ですか？』

その質問に夫人の顔色がさっと変わり、死人のように青ざめました。少し間があってからようやく『はい』と一言だけ答えたんですが、声はかすれていますし、かなりぎこちない口調でしたよ。

しばらく沈黙が続いたあと、今度は娘のほうが、落ち着いた声ではきはきと話し始めたんです。

『お母さん、嘘をついたって始まらないわ。警部さんになにもかも正直に打ち明けましょう。あのあと、もう一度ドレッバーさんを見たって』

『おまえ、なんてことを！』シャルパンティエ夫人は両手を前へ投げだして、椅子に身体をうずめました。『兄さんを殺す気かい？』

『アーサー兄さんだって、本当のことを話してほしいと思うはずよ』娘はきっぱりと言い返しました。

わたしも横からたたみかけました。『こうなったら包み隠さず話すしかないと思いますがね。下手に隠し立てすると、かえってまずいことになりますぞ。警察のほうでも、いろいろと調べはついているんですから』

『アリス、みんなおまえのせいだよ！』夫人はそう叫んだあと、わたしのほうを向いて言いました。『警部さん、すべてお話しすることにします。でも、どうか誤解なさらないでください。取り乱しておりますのは、息子がこの恐ろしい事件に関わっているのではないかと心配しているからではございません。息子はまちがいなく潔白です。それでも警部さんや世間から疑いの目で見られやしないかと不安なのです。もちろん息子にかぎって、そんなことは絶対にありえません。あれは立派な人柄で、職業からいっても性格からいっても、人をあやめたりするわけないんですから』

『とにかく、ありのままの事実を話すのが一番ですよ』わたしはそう諭しました。『息子さんが潔白だと信じているなら、本当のことを話してもいっこうにかまわないはずでしょう』

『アリス、おまえは向こうへ行ってなさい。わかったね』母親にそう言われ、娘は部屋を出ていきました。『刑事さん、このことは伏せておきたかったんですが、娘があんなことを言いだしてしまってはしかたありません。いったん決心したからには、洗いざらいお話しするつもりです』

『それが賢明でしょうな』

『ドレッバーさんはこの家に三週間近く滞在しました。秘書のスタンガスンさんと大陸を方々まわってきたそうです。トランクに〝コペンハーゲン〟と書かれた荷札が貼ってありましたので、イギリスへ渡る直前はそこにいらしたんでしょう。スタンガスンさんは静かで控えめな方でしたが、雇い主のドレッバーさんのほうは正反対で、なんと申しましょうか、無作法このうえない粗野な方でした。着いたその日の晩からべろべろに酔ってしまって、翌日はお昼を過ぎてもまだしらふとは呼べないようなありさまでした。しかも、メイドたちにひどくなれなれしい態度を取るので困っていましたら、そのうちに娘のアリスにまでちょっかいを出すようになって、卑猥《ひわい》なことばかり言います。まあ、幸いアリスはおくてなので、意味は通じなかったようですけど。でも刑事さん、あの子の腕をつかんで無理やり抱きすくめようとしたこともあるんですよ。さすがにそのときは秘書のスタンガスンさんにとがめられました。卑怯《ひきょう》なまねはよせ、みっともないぞ、と』

『しかしねえ、奥さん、そこまでされてなぜ辛抱を続けたんです？　そんな迷惑な下宿人はとっとと追いだせばよかったでしょうに』わたしは不思議に思って訊《き》きました。しごくもっともな疑問ですから、シャルパンティエ夫人は赤くなって答えました。『はい、おっしゃるとおり、最初の日にきっぱりとお断りするべきでした。でも入ってくる宿賃のことを考えると、なかなかふんぎりがつかなくて。この不景気に一人あたり一日一ポンド、週に十四ポンドも支払うと言われたものですから。わたしは夫に先立たれておりますし、海軍にいる息子のほうもなにかと入り用でして、まとまったお金をみすみす失うのは惜しかったのです。そのようないきさつで、商売と割り切ってお泊めすることにしたんですが、娘にまで破廉恥なふるまいをされてはもう我慢できません。すぐにお引き取り願いたいと申し渡しました。それでお二人は出ていくことになったのです』

『なるほど。それから？』

『馬車が遠ざかっていくのを見届けますと、ほっと胸をなでおろしました。たまたま息子が休暇で家に戻っておりましたが、このことはいっさい耳に入れませんでした。あれは正義感が強いうえ、それはもう妹思いで、アリスのこととなると目の色を変えるんです。ですから二人を送りだしてドアを閉めたときは、肩の荷がいっぺんに下りた思いでした。ところが刑事さん、それから一時間もしないうちに玄関の呼び鈴が鳴って、ドレッバーさんが戻ってきたのです。ひどくいきり立って、しかもだいぶお酒が入っているようでした。

わたしと娘がいる部屋へ強引に入ってきて、汽車に乗り遅れたとかなんとか、支離滅裂なことをわめき散らしました。そのあとアリスに向かって、厚かましいことに母親の目の前で、駆け落ちしようなどと言いだしたのです。「おまえさんはもう大人なんだから、法律で禁じられてるわけじゃない。好きなようにできるんだ。おれには金がうなるほどある。こんなばばあのことはほっといて、おれと一緒に来い。お姫様みたいな暮らしをさせてやるぞ」と。かわいそうに、アリスは震えあがって逃げようとしましたが、あの男はいやがる娘の手首をつかんで無理やりドアのほうへ引きずっていきます。わたしは悲鳴をあげました。ちょうどそのとき、息子のアーサーが部屋に入ってきました。それから先のことはよくわかりません。罵声《ばせい》があがって、激しく取っ組み合う音がしましたが、ただもう恐ろしくて顔を伏せていました。ようやく目を上げたときには、アーサーが戸口に立って棒を手に笑っていました。「これであいつも懲りただろう。念のため、追いかけて様子を見てくる」息子はそう言って帽子をつかむと、通りへ飛びだしていきました。そして次の日の朝、ドレッバーさんが謎の死を遂げたと知ったのです』

以上のことを話し終えるまでに、シャルパンティエ夫人は何度もあえいだり言葉を途切らせたりしました。声が小さくて聞き取りにくい箇所もありましたね。しかし、速記で一部始終を書き留めましたから、内容にまちがいはないでしょう」

「実に興味深い話ですね」ホームズはあくびまじりに言った。「で、そのあとは？」

「シャルパンティエ夫人が話し終わったとき、すべてはある一点にかかっているのだとわたしは気づきました」グレグスンが続けた。「これまでの経験から、相手が女性の場合はどんな方法が効果的かわかってましたんで、夫人をひたと見据え、息子さんはそのあと何時に帰ってきたのかと尋ねました。

『わかりません』という返事でした。

『わからない？』

『はあ。息子は鍵《かぎ》を持っていますから、自分で家に入ったのです』

『あなたの就寝後に？』

『はい』

『お休みになったのは何時ですか？』

『十一時頃です』

『となると、息子さんは短くとも二時間は外出していたわけですね？』

『はい』

『四時間や五時間の可能性もあると？』

『はい』

『なにをやっていたんでしょうね、そのあいだ』

『存じません』夫人は唇まで青ざめていました。

言うまでもなく、そこまでわかればやるべきことはもう決まっています。ただちに巡査二名を連れて息子を捜しだし、逮捕しました。肩に手を置いて、おとなしく同行してもらおうかと言いますと、ずうずうしくもこう言い返してきましたよ。『ふん、あのドレッバーの野郎が殺された件だろう？』こっちがなにも告げないうちから自分で事件のことを持ちだしたんですから、容疑はきわめて濃厚です」

「まあ、そうですね」

「棒を手にドレッバーを追いかけていったと母親が話していましたが、それをまだ持っていましたよ。樫《かし》でできた太い棍棒《こんぼう》でした」

「で、犯行についての推理は？」

「わたしはこう推理します。シャルパンティエ家の息子はブリクストン通りまでドレッバーを追いかけ、そこでまた口論となり、例の棍棒でドレッバーを殴り殺した。おそらく当たったのがみぞおちのあたりだったので、外傷は残らなかったんでしょう。あの晩はしのつく雨で人通りがなかったため、それをいいことに死体を空き家へ引きずりこんだ。ろうそくも血痕《けっこん》も、壁の文字も指輪も、すべて警察の目をくらまそうとする小細工ですよ」

「おみごと！」ホームズは大げさにおだててみせた。「グレグスン君、本当にすばらしい。将来は出世まちがいなしですよ」

「ええ、自分で言うのもなんですが、今回は文句なしの出来だと思いますね」警部はさも誇らしげだ。「シャルパンティエ本人の供述によると、しばらくドレッバーをつけていったが、相手に気づかれて、辻《つじ》馬車で逃げられてしまったそうです。あきらめて帰る途中、海軍の昔の仲間にばったり会ったので、一緒に長い散歩をしたと言っていますが、その旧友の住所を尋ねると、まるで要領を得ない返事でしてね。とにかくまあ、今度の事件はわたしの推理がことごとく当たって、実に気分爽快《そうかい》ですよ。哀れなのはレストレイドだ。見当ちがいなものをむきになって追いかけているんですからね。骨折り損のくたびれもうけとはこのことだ。おやおや、噂をすれば影！」

レストレイドがいつの間にか階段を上ってきて、だしぬけに姿を現わした。いつもの自信たっぷりで意気盛んな態度はどこへやら、うちのめされ、困り果てた表情だ。服装もだらしなく乱れている。明らかにホームズに助言を求めに来たらしく、同僚の姿を見てうろたえた。部屋の真ん中に突っ立って、どうしたものか思いあぐねるようにしばらく帽子をそわそわといじっていた。やがて意を決した様子で口を開いた。「これは非常に奇異な事件です――こんな複雑怪奇な事件は初めてです」

「へえ、そうかい、レストレイド！」グレグスンが勝ち誇った口ぶりで言った。「まあ、きみが壁にぶちあたることは最初からわかっていたがね。秘書のジョゼフ・スタンガスンはつかまったのかい？」

「秘書のジョゼフ・スタンガスン氏は」レストレイドは思いつめた口調で言った。「今朝六時頃、〈ハリデイ・プライベート・ホテル〉で殺されました」

第7章　闇のなかの光

レストレイドがもたらした知らせはきわめて重大な、しかも予期せぬものだったので、私たちは三人とも愕然《がくぜん》として、しばし言葉を失った。グレグスンは驚きのあまり椅子から飛びあがって、飲みかけの水割りウィスキーをひっくり返した。私は無言でホームズを見つめ、彼は唇を引き結んだまま鋭い目つきで眉根《まゆね》を寄せていた。

「スタンガスンもか!」ホームズがつぶやく。「いよいよ込み入ってきたな」

「最初から込み入ってましたよ」レストレイドは椅子を引き寄せながら、うなるように言った。「どうやら、お三方で作戦会議の真っ最中だったようですね」

「おい、きみ――それは確かな情報なのか?」グレグスンが焦って口ごもる。

「ついさっきまで、実際にスタンガスンが殺された部屋にいたんだ」レストレイドが答える。「しかも第一発見者はこのわたしなんだよ」

「ちょうどいま、事件に関するグレグスン君の見解を拝聴していたところなんですよ」ホームズが言った「今度はきみから捜査状況についてうかがえるとありがたいんだが」

「ええ、いいですとも」レストレイド警部は椅子に腰かけた。「正直言って、最初は秘書のスタンガスンがドレッバー殺しの犯人だとにらんでいました。今回の新たな展開で、それはまちがいだったとわかりましたが、初めのうちはスタンガスン以外にありえないと思いこんで、ひたすらやつの行方を追っていたわけです。二人は三日の夜八時半頃、ユーストン駅で一緒にいるところを目撃されました。そして深夜二時、ドレッバーはブリクストン通りで死体となって発見されます。そうなると問題は、夜八時半から犯行時刻までのあいだスタンガスンはどこでなにをしていたか、そして犯行後はどこでどうしているか、ということです。この壁はどうしても突き崩す必要があります。そこでリヴァプールの警察に電報でスタンガスンの人相を伝え、アメリカ行きの船に目を光らせているよう依頼しました。そのあと自分の足でユーストン駅界隈《かいわい》のホテルと下宿をくまなく調べました。なぜかというと、ドレッバーとスタンガスンが駅で目撃されたあと別行動を取ることになったとすれば、スタンガスンはひとまず付近に泊まって、翌朝また駅へ足を運ぶだろうと考えたからです」

「そうなった場合は、あらかじめ落ち合う場所を決めておくでしょうね」とホームズが言った。

「ええ、実際にそのとおりでした。昨晩はあちこち歩きまわったものの収穫なしに終わったので、今朝も早くから動きだし、八時にリトル・ジョージ街の〈ハリデイ・プライベート・ホテル〉へ行きました。スタンガスンという客はいないかと尋ねたところ、すぐにいるという答えが返ってきました。

『では、あなたがスタンガスンさんの待っていらした方ですね』ホテルの者が言います。『もう二日もお待ちになっているんですよ』

『いまどこにいるんだね？』

『上の部屋でお休みです。九時に起こすよう言いつかっていますが』

『よし、すぐに会ってこよう』

不意打ちを食らわせれば、動転して決定的なことを口走るかもしれないと思ったのです。雑用係が案内を買って出てくれました。部屋は三階にあって、階段からは狭い廊下が伸びていました。雑用係がそこですよとドアを示し、階下へ戻ろうとしたまさにそのとき、わたしはこの道二十年の警察官にもかかわらず吐き気をもよおしました。なんと問題のドアの下から真っ赤な血が一筋、流れでていたんです。血はくねくねとのたくりながら廊下を這《は》って、反対側の壁際に小さな血だまりができていました。わたしは思わずわっと叫び、その声を聞いて引き返してきた雑用係も同じものを見て危うく卒倒しかけました。ドアは内側から鍵がかかっていましたが、二人で体当たりしてぶち破りました。すでに事切れていて、放たれ、窓のそばに寝巻き姿の男が身体を丸めて倒れていました。すでに事切れていて、手足が冷たく硬直している状態から死後数時間は経っていると思われました。死体を仰向けにすると、雑用係は男の顔を見て、この部屋に泊まっていたジョゼフ・スタンガスンと名乗る人物にまちがいないと言いました。死因は左胸の刺し傷で、心臓まで達するほど深かったようです。そしてもうひとつ、この事件の異常さを物語る奇怪なものが見つかりました。死体の上になにがあったと思います？」

そう聞いたとたん私はぞくりとして、不吉な予感に襲われた。するとホームズが口を開いた。

「血で書いたRACHEという文字ですね」

「そのとおりです」レストレイドはかしこまった様子で言った。そのあとは室内に沈黙が流れた。

この正体不明の殺人者の手口は、正確無比でありながら得体の知れない面妖《めんよう》さをまとっており、そのせいで犯行がよけい薄気味悪いものに感じられた。戦場ではなにを見ようとびくともしなかった鋼の神経を持つ私も、今度ばかりは想像しただけで背筋が寒くなった。

「実は犯人の姿を目撃した者がいましてね」レストレイドの話は続く。「牛乳配達の少年が搾乳場へ行く途中、たまたまそばを通りかかったんですよ。ホテルの裏手にある厩《うまや》へ続く路地を歩いていたところ、いつもは地面に寝かせてある梯子《はしご》が三階の窓に立てかけられているのに気づいたんだそうです。窓は大きく開け放たれていて、通り過ぎたあとでふと振り返ってみると、ちょうど一人の男が梯子を降りてくるところだった。男は慌てるふうもなく悠然としていたので、きっとホテルで作業している大工か建具師だろうと考え、少年はべつだん気に留めなかったわけです。やけに早い時間から働いているんだなと思ったくらいで。ただし男の風体については、長身で赤ら顔、丈の長い茶色っぽいコートを着ていた気がする、と言っています。男は犯行後しばらく部屋にとどまっていたようですな。室内を調べた結果、おそらく手を洗ったんでしょう、洗面器の水が血で汚れていましたし、シーツにナイフの血を念入りにぬぐったと見られる跡がありました」

レストレイド警部が挙げた犯人の特徴はホームズが以前述べた犯人像とぴったり一致する。私は横目でホームズの顔をちらりと見たが、意外にも嬉《うれ》しくもなければ満足してもいない表情だった。

「部屋からは犯人に結びつく手がかりは見つからなかったんですか？」ホームズが訊《き》いた。

「ええ、なにも。スタンガスンのポケットにドレッバーの財布が入っていましたが、普段からそうだったようです。支払いはすべて秘書のスタンガスンの役目だったんですからね。財布には八十ポンドあまりの現金が残っていて、なにか盗まれた形跡は見あたりませんでした。今回の奇妙な二つの殺人は、動機すらさっぱりわかりませんが、物盗りの犯行でないことだけは確かですな。被害者のポケットに書類やメモなどはいっさいなく、電報が一通出てきただけです。一ヶ月ほど前にクリーヴランド市から発信されたもので、内容は『J・Hはヨーロッパにいる』となっていました。発信者の名前はありません」

「ほかになにか見つかりませんでしたか？」ホームズが念を押す。

「いいえ、特にこれといって。ご参考までにつけ加えますと、スタンガスンが寝る前に読んでいたらしい小説がベッドの上に置いてありました。それから、死体のそばの椅子に本人のパイプが載っていました。あとはテーブルの上に水の入ったグラスが一個、窓敷居の上に丸薬が二錠入った経木の小箱が一個ありましたね」

ホームズは歓声とともに椅子からぱっと立ちあがった。

「それだ、それこそが欠けていた最後の環《わ》だ！」誇らしげに宣言した。「よし、推理が完成した！」

二人の警部は呆然《ぼうぜん》とホームズの顔を見つめた。

「これで万事解決だな」ホームズは自信たっぷりに言った。「もつれにもつれた糸をようやく解くことができた。もちろん、細かい事柄はこれから明らかにしないといけないが、核心部分は完全に手中におさめた。ドレッバーが駅でスタンガスンと別れた時点から、スタンガスンの死体が発見されるまでの出来事を、実際にこの目で見たのと同じくらい明確にとらえることができたよ。その証拠をいまから披露しよう。レストレイド君、その丸薬を持ってこられませんか？」

「ここにありますよ」レストレイドが白い小箱を取りだした。「署へ持ち帰って安全な場所に保管しようと、財布や電報と一緒に現場から押収したんです。と言っても、ついでに持ってきたようなものでしてね。重大な証拠とは思えませんから」

「間近で見せてください」ホームズは言った。そのあと私のほうを向いた。「ワトスン、どうだい？　普通の丸薬だと思うかい？」

明らかに普通ではなかった。真珠のような光沢を帯びた灰色の小さな丸い粒で、光にかざして見ると透明に近かった。「軽くて透きとおっているから、水溶性が高いと判断していいだろう」私は言った。

「まさしくそのとおり。すまないが、階下へ行って、あの弱った小さなテリヤを連れてきてくれないか？　かわいそうに、ずっと前から病気で苦しんでいるそうだ。昨日も下宿のおかみさんが早く楽にしてやってほしいときみに頼んでいたね」

私は階下から小犬を抱いて戻ってきた。はあはあと苦しげに息をしているし、目もどんよりと濁っているので、なるほどもうあまり長くはないようだ。鼻が雪のように白くなっているところを見ると、一般的な犬の寿命をすでに超えているのだろう。私は敷物の上のクッションに犬をそっと下ろした。

「では、二つの丸薬のうちひとつを半分に割ります」ホームズは折りたたみ式の小型ナイフを取りだして言った。「割ったら、片方はあとで必要になったときのために箱に戻しておき、残りの半分をワイングラスに入れてスプーン一杯ほどの水に浸します。ほら、ご覧のとおりワトスン博士の見立ては正しかったようですね。みるみる溶けていきます」

「さぞかし面白い実験なんでしょうな」レストレイドはからかわれていると思ったのか、機嫌を損ねた顔つきだった。「しかしですよ、これがジョゼフ・スタンガスンの死となんの関係があるっていうんです？」

「まあまあ、そう焦らずに！　もう少しの辛抱です。事件に関係大ありだってことはじきにわかりますよ。さあ、では、牛乳を少々加えて飲みやすくしてから、犬の前に置いてみます。きっと喜んでなめるでしょう」

そう言いながら、ホームズはワイングラスの中身をカップのソーサーにあけ、テリヤの鼻先に置いた。犬はたちまちきれいになめつくした。ホームズが真剣そのものの面持ちなので、私たちもこれはただの座興ではないと察し、静かに座ったままテリヤの様子を固唾《かたず》をのんで見守った。なんらかの劇的な変化を予想して、その瞬間を待ち受けた。ところがいっこうになにも起こらない。犬は相変わらず息遣いが荒く、クッションの上でぐったりとしているものの、丸薬入りのミルクを飲んでも具合は特に良くも悪くもなっていないようだ。

ホームズは時計を取りだして見つめていたが、なんの変化もないまま一分、また一分と過ぎていくうちに、いかにも無念そうな落胆の表情になった。唇を嚙《か》んで、テーブルを指でせわしなくたたく。内心のじれったさ、もどかしさが態度のあちこちに表われている。そんな彼を見ていると、気の毒でたまらず、いたたまれない気持ちになったが、二人の警部はいい気味だとばかりに薄笑いを浮かべていた。

「偶然の一致なんてことがあるものか！」ホームズはたまりかねて椅子から立ちあがり、荒々しい足取りで室内を行ったり来たりし始めた。「単なる偶然の一致であるわけない！ドレッバーの事件で、僕は毒薬が使われたにちがいないとにらんだ。そして実際にそのとおり、スタンガスンが殺された現場から丸薬が出てきたじゃないか。なのにそれが無害とはいったいどういうことなんだ？　僕の推理は根底から誤っていたというのか？　そんなばかな！　だがこの哀れな犬は薬を飲んでもなんともない。おお、そうか！　わかった！　わかったぞ！」

ホームズは甲高い雄叫《おたけ》びとともに小箱に駆け寄ると、さっきとは別のもうひとつの丸薬を取りだした。それを半分に割って片方を水に溶かし、牛乳を混ぜてからテリヤのすぐ前に置いた。病みきった老犬は、舌の先が液体に触れるが早いか足を激しく痙攣《けいれん》させ、最後は雷に打たれたかのように全身を硬直させて息絶えた。

大きく息をついてから、ホームズは額の汗をぬぐった。「もっと信念を大切にしなければ。自分の練りあげた推理と矛盾する事実が出てきたときは、視点を変えて、別の解釈を探せばいいとわかっていたはずじゃないか。箱に入っていた二個の丸薬は、ひとつは猛毒、もうひとつはまったくの無害だった。箱を見る前からそれに気づくべきだったんだ」

とうとうそんな突拍子もないことまで言いだしたので、私はさすがにホームズの正気を疑った。しかし現実に犬は死んで、ホームズの推理が正解だったことを示す動かぬ証拠となったのだ。私の頭のなかで次第にもやが晴れていき、まだおぼろげではあるが、真相がうっすら見えてきたような気がした。

「三人とも狐につままれたような顔ですね」ホームズは話を続けた。「それは捜査の初期段階で、目の前に転がっていた重大な手がかりを見落としたせいですよ。幸いにして僕は見逃さなかった。しかも、それ以降の出来事はことごとく僕の最初の仮説を裏付けるものだったし、なおかつ、どれも筋の通った当然の成り行きだった。諸君を混乱させ、事件にますます怪しげな印象を与えた事柄も、僕にとっては逆に謎の解明へ導いてくれる道しるべであり、また命綱でもあったわけです。うわべの奇怪さと本物の謎とを混同してはいけない。ごく平凡な犯罪が非常に謎めいて見えるというのはよくあることでしてね。なぜかというと、推理を組み立てるうえで基盤となる目新しい要素や顕著な特徴がないからなんです。今回の殺人も、もしあのような異様で猟奇的な装飾をまとっていなかったら、たとえば路上に死体が転がっているのが発見されただけのなんのへんてつもない事件だったら、解決ははるかに困難だったでしょう。こまごまとした奇怪な付属品のおかげで、事件はややこしくなるどころか、かえってすっきり片付いたのです」

この演説をいらいらした様子で聞いていたグレグスン警部が、たまりかねて口をはさんだ。「ちょっといいですか、ホームズさん。あなたが頭脳明晰《めいせき》で、独自の技能を身につけておいでだってことは重々承知しています。しかしね、いまはそんな御託や方法論をのんびり拝聴している場合じゃありません。肝心なのは犯人を捕らえることなんです。わたしもさっき自分なりの推理を述べましたが、どうやらそれはまちがっていたようだ。シャルパンティエ青年は第二の事件に関与しているはずないんですからね。レストレイドのほうは秘書のスタンガスンを追っていましたが、その線も誤りだったらしい。ですからホームズさん、今度はあなたの番ですよ。先刻から思わせぶりなことをさんざんおっしゃっていますから、われわれよりも真相に近づいておいでなんでしょう。どこまでご存じなのか、そろそろはっきりとお聞かせ願いたいものですな。単刀直入にうかがいます。犯人の名前はわかっているのですか？」

「グレグスン君の言うとおりですよ」レストレイド警部が横から加勢する。「彼もわたしも最善を尽くしましたが、残念ながら失敗しました。ホームズさん、あなたはさっきからずっと、必要な証拠はもうすべてつかんでいるような口ぶりだ。もったいぶっていないで、いいかげん教えてもらえませんかね」

「早く犯人をつかまえないと、残忍な凶行をさらに重ねる危険があるんじゃないか？」私も心配になって言った。

私たち三人に代わる代わる詰め寄られても、ホームズはまだふんぎりがつかない様子だった。考えに没頭しているときはいつもそうだが、顎《あご》を胸にうずめて眉間《みけん》にしわを寄せ、室内をせかせかと歩きまわっている。

「いいや、殺人はもう起こらない」しばらくしてホームズは唐突に立ち止まり、私たちのほうへ顔を向けた。「だからそのことで気をもむ必要はありません。犯人の名前はわかっているのかという質問にはこう答えましょう。ええ、わかっています。しかしそんなのは取るに足らないことです。犯人逮捕という大仕事に比べればね。そして、その時機はすぐそこに迫っています。僕がすでに手はずを整えてありますから、それに沿って実行すれば必ずうまくいきますよ。ただし、入念に手際よく事を運ばねばなりません。なにしろわれわれが追っている男は、きわめて狡猾《こうかつ》なうえ、捨てばちになっています。おまけに、僕もまんまと一杯食わされましたが、本人と同じくらい奸智《かんち》に長《た》けた人間が味方についていましてね。犯人が自分はみじんも疑われていないと信じて油断しているうちは、逮捕に持ちこむチャンスもあります。しかし、ほんのわずかでも警戒させたら、犯人はただちに名前を変え、四百万人が住むこの大都会で雲隠れしてしまうでしょう。こんなことを言うと、お二人は気を悪くするかもしれないが、警察の力ではとうてい歯が立たない相手だと思います。それで、きみたちの応援はあえて求めなかったのです。もちろん、なんらかの手抜かりがあって失敗すれば、責任はすべて僕が負います。その覚悟はできています。現時点でこれだけは約束しておきましょう。僕の作戦に成功のめどが立ったらすぐ、なにもかもお話ししますよ」

そう約束されても、グレグスンとレストレイドはいたく不満そうだった。警察の能力を軽視するような発言も気にさわったのだろう。グレグスンは亜麻色の髪の生え際まで真っ赤になり、レストレイドはビー玉のような目を好奇心と憤慨でぎらぎらさせた。が、どちらも口を開かないうちに突然ドアをたたく音がした。現われたのは例の宿無し少年団の代表、ウィギンズだった。

「こんちは、旦那《だんな》」少年は前髪に手をやって言った。「馬車を呼んできましたよ」

「ご苦労さん」ホームズは淡々とした口調で答えた。そのあと抽斗《ひきだし》からスチール製の手錠を取りだしながら続けた。「スコットランド・ヤードはどうしてこの型を採用しないのかな。ほら、どうです、ばね仕掛けの部分がよくできているでしょう？　これなら一瞬でかかりますよ」

「古い型で充分用が足ります。かける相手が見つかりさえすればね」レストレイド警部が切り返す。

「なるほど、ごもっとも」ホームズは笑いながら言った。「さて、では御者に荷造りを手伝わせるとしよう。ウィギンズ、ここへ呼んできてくれないか？」

　これから旅行にでも出発するような口ぶりなので、私はびっくりした。そんなことは一言も言っていなかったのに、いきなりどうしたんだろう。部屋には小さな旅行鞄《りょこうかばん》がひとつあった。ホームズはそれを引っ張りだすと、しゃがんで帯革をかけ始めた。彼がせっせと作業しているところへ、御者がやって来た。

「ああ、御者くん、ちょっと手を貸してくれ。この締め金を留めるから」ホームズは鞄を膝《ひざ》で押さえつけながら、振り向きもせずに言った。

　御者はむっつりとして、しぶしぶといった態度でホームズに歩み寄り、手伝おうと両手を突きだした。その瞬間、カチッという音と、金属のジャラジャラ鳴る音が響き、ホームズがすばやく立ちあがった。

「諸君！」ホームズは目を輝かせて叫んだ。「紹介しよう！　イーノック・ドレッバーおよびジョゼフ・スタンガスン殺しの犯人、ジェファースン・ホープだ！」

　すべてはあっという間の出来事だった。まさに電光石火の早業だったので、なにがどうなったのかよくわからなかった。それでもあの瞬間の光景はまぶたに鮮明に焼きついている。ホームズの勝ち誇った顔と鋭く響き渡る声。唖然《あぜん》として自分の手首を見下ろし、魔法のように突然出現したぎらつく手錠を凝視する、御者の鬼気迫る表情。少しのあいだ、私たちは彫像のように立ちつくしていた。だが、そのあと咆哮《ほうこう》さながらの怒号があがり、御者がホームズの手を振りほどいて窓へ突進した。激しい体当たりで木枠とガラスが砕け散ったが、外へ逃げだす前にグレグスンとレストレイドとホームズが猟犬の群れのごとく一斉に飛びかかった。御者は室内へ引きずり戻され、そのあとは格闘となった。猛《たけ》り狂った男は相当な怪力の持ち主で、私たち四人を何度も跳ね飛ばした。かんしゃくの発作でも起こしたかのようなとてつもない破壊力だった。窓ガラスを突き破ったせいで顔も手も血だらけだというのに、まるでひるむ様子がなかった。だが、レストレイドがうまくスカーフの内側に手を突っこんで、窒息寸前まで喉《のど》を締めつけると、もはや抵抗しても無駄だとあきらめたのだろう、急におとなしくなった。しかしまだ気は抜けない。男の両手両足をぎゅうぎゅうに縛りあげてから、私たちはようやく肩で息をしながら立ちあがった。

「この男の馬車があるから、それに乗せてスコットランド・ヤードまで連行すればいい」ホームズが口を開いた。「さてと、諸君」嬉《うれ》しそうに笑顔で続ける。「今回の謎めいた事件はこれで晴れて決着です。質問をなんなりと受けつけましょう。もう危険からは脱したので、返事を拒む理由はありませんからね」

第Ⅱ部　聖徒たちの国

第1章　アルカリ土壌の大平原

広大な北アメリカ大陸の中央部には、人を寄せつけない殺伐とした砂漠地帯が居すわっており、そこを横断しようとする文明の進路を長年にわたり妨げてきた。東西はネブラスカからシエラネヴァダ山脈まで、南北はコロラド川からイエローストーン川まで、寂寥《せきりょう》とした大地が長々と横たわっているのだ。むろん、こうした厳しい自然環境の土地であっても、生みだされる風景はひとつきりではない。雪を頂いた泰然とそびえる山々もあれば、影をまとった陰気な谷間や、切り立った深い峡谷を駆け抜ける渓流もある。そして広漠とした大平原は、冬になれば見渡すかぎり純白の雪に包まれ、夏には塩分を含んだアルカリ質の砂地をさらけだす。しかし外観はさまざまでも、互いに共通の宿命を背負い、荒野の孤独と憂鬱《ゆううつ》を抱えているのであった。

この絶望に沈んだ土地に住む者は誰一人としていない。ときどきポーニー族やブラックフット族の集団が別の猟場へ移動する際に通りかかるが、どんなに屈強な勇者も、この不気味な平原が後ろに遠ざかり、前方に再び豊かな草原が見えてくると、胸に安堵《あんど》の思いが広がった。灌木《かんぼく》の茂みに潜むコヨーテ、物憂げに空を舞うコンドル、暗い山峡を大儀そうにうろついて岩陰に餌を探す不恰好《ぶかっこう》な灰色熊。このわびしい荒野に棲《す》みついているのは、そうした野生動物だけなのである。

世界中のどこを探しても、シエラブランカ山の北斜面からの眺めほど殺風景なものはないだろう。アルカリ質の砂に覆われた大平原が果てしなく広がって、地表から顔をのぞかせているのはところどころに生えた貧弱な低木のやぶだけ。地平線のはるか向こうにようやく、雪でまだらになった峻険《しゅんけん》な峰の連なりを望むことができる。荒涼とした平野には、生命はおろか、生命の痕跡《こんせき》すら存在しない。鋼色の空に鳥の姿はなく、鈍《にび》色の地面にも動くものはまったく見あたらない。そう、あるのは絶対の沈黙のみだ。どんなに耳を澄ましても、広大無辺の荒野にはかすかな音さえ聞こえず、胸に押し迫る重苦しい静寂に完全に支配されている。

生命の痕跡すら存在しない、と書いたが、この表現は厳密には正しくない。シエラブランカ山から見下ろすと、砂漠の上に曲がりくねった一本の筋が刻まれ、遠くまで延々と続いている。過去に多くの冒険者たちが残していった足跡と馬車の轍《わだち》だ。その道に沿って、なにやら白いものが点々と散らばり、アルカリ質の黒っぽい砂を背景に陽光を浴びてぎらぎらと輝いている。さあ、近寄って、とくと眺めるがいい！　あれはすべて骨なのだ。大きくて太いものもあれば、小さくて細いものもある。大きいほうは牛の骨、小さいほうは人骨だ。これら途中で力尽きた生命の遺骸《いがい》をたどっていけば、亡霊のごとき隊商はなんと全長千五百マイルにも及ぶ。

一八四七年の五月四日、まさにその光景を見下ろしている一人の旅人がいた。この土地の守り神か、あるいは悪霊かと思うような風貌《ふうぼう》で、年の頃は四十近くにも見えるし、六十近くにも見える。顔はやつれ果てて肉が削《そ》げ落ち、茶褐色の皮膚は突きでた骨にぴったりと張りついた羊皮紙のようだ。茶色い髪と顎鬚《あごひげ》はぼうぼうに伸びて白髪まじり、目はすっかり落ちくぼんで異様な光をらんらんと放っている。骸骨《がいこつ》さながらの痩《や》せ細った手でライフル銃を握りしめ、それにすがってかろうじて立っているという状態だ。背が高く、骨格もいかついので、もとは精力みなぎる強健な肉体の持ち主だったのだろう。いまは老いさらばえたような姿だが、なぜそうなったのかは、げっそりと憔悴《しょうすい》した顔や、だぶだぶの服からのぞくしなびた手足で一目瞭然《いちもくりょうぜん》である。男は死の淵《ふち》にいるのだ——飢えと渇きで死にかけているのだ。

力を振りしぼって必死に峡谷を下り、この小高い場所までやっとのことでたどり着いたのは、もしや水が見つかるのではないかと一縷《いちる》の希望を抱いたからだった。ところが、いま眼前にあるのは茫洋《ぼうよう》と広がる塩の大平原と、はるか遠くに連なる険しい山脈だけで、水分の存在を示す樹木や草むらは影も形もない。広々とした大地のどこを探しても、希望はひとかけらも転がっていない。男は狂おしい目つきで、北から東へ、さらに西へと眺め渡した。やがて、放浪の旅はとうとう終点に行き着いたのだと悟った。あとは草木が一本も生えないこの岩山で死を待つのみである。「どうせ同じことだ。いまここで死のうが、二十年後に羽毛の寝床で死のうが」そうつぶやくと、男は大きな丸石の陰に座りこんだ。もはや無用の長物となったライフル銃を地面に置いた。灰色のショールにくるんだ大きな荷物も、右肩から下ろした。衰弱しきった身体にはずいぶん重荷だったのだろう、地面に置こうとしたが満足に力が入らず、どさりと落としてしまった。とたんに細いうめき声が聞こえ、荷物から明るい茶色の目をした小さな顔が恐る恐るのぞき、そばかすのあるふっくらとした手も現われた。

「痛い！」泣きべそをかく子供の声がした。

「それは悪かった。わざとではないんだ」男はすまなそうに言って、ショールの包みを開いた。そこから現われたのは五歳くらいの愛らしい女の子だった。しゃれた靴や、リネンの小さなエプロンがついたピンクの上品なワンピースに、母親の深い愛情が感じられる。顔は青白いが、手足は血色がよく健康そうで、連れの男ほど過酷な目には遭っていないようだ。

「だいじょうぶかい？」少女が金色の巻き毛に手をやり、しきりに後頭部をさすっているので、男は心配げに尋ねた。

「キスしてくれたら、きっと治るわ」少女はぶつけたところを男のほうへ近づけ、大真面目な口調で言った。「ママはいつもそうしてくれるの。ねえ、ママはどこ？」

「お出かけしてるんだ。もうじき戻るよ」

「えっ、お出かけ？　変なの。どうして行って来ますを言わなかったのかな。お茶の時間にちょっとおばちゃまのおうちへ行くときだって、いつも言ってたのに。もう三日も帰ってこないね。あたし、喉がからから。お水も食べ物もないの？」

「ああ、ないんだ、すまないね。だがあと少しの我慢だよ。じきに楽になる。さあ、頭をおじさんの肩にもたせかけてごらん。そう、力を抜いて。口が乾ききってうまくしゃべれんが、本当のことをおまえに話そう。おや、なにを持ってるんだい？」

「とってもいいものよ！　きれいでしょう！」幼い娘はきらきら輝く雲母《うんも》のかけらを二枚、嬉しそうに差しだした。「おうちに帰ったら、ボブおにいちゃんにあげるの」

「もうじき、もっときれいなものを見られるよ」男はきっぱりと言った。「あとちょっとの辛抱だ。では話の続きだよ。川のそばから離れて、ここまで来ただろう？　覚えてるかい？」

「うん、覚えてる」

「あのときは、すぐに別の川に出ると思ってたんだ。ところが予想どおりには行かなくてね。方位磁石が狂ってたのか、地図がまちがってたのか、川はいっこうに見つからなかった。ついに持っていた水が底をつき、子供のおまえに飲ませるほんのわずかな量を残すばかりとなった。それで、それで――」

「それで、おじちゃんは顔を洗えなくなっちゃったのね」少女は垢《あか》で汚れた男の顔を見上げ、真剣な表情で言った。

「そうだよ。それに、飲み水もなくなってしまった。最初に倒れたのはベンダーさんだった。その次はインディアンのピート、マクレガーおばさん、さらにジョニー・ホーンズと続いて、かわいそうにとうとうおまえの母親も」

「じゃあ、ママは死んじゃったのね」エプロンに顔をうずめ、少女はしくしくと泣き始めた。

「そうなんだ。おまえとわたしを除いて、みんな遠いところへ行ってしまった。そのあと、こっちの方角にはひょっとしたら水があるかもしれないと思い、おまえを肩に担いでここまで懸命に歩いてきた。だがどうやら無駄だったようだ。望みはとうとうついえてしまったよ！」

「あたしたちも死ぬのね？」少女はすすり泣きをやめて、涙に濡《ぬ》れた顔を上げた。

「ああ、そういうことだ」

「なあんだ、だったら早く言ってくれればよかったのに」嬉《うれ》しそうに笑いながら少女が言う。「もっと怖い話かと思って、どきどきしちゃった。あたし、死んだって平気よ。ママとまた会えるんだもん。そうよね、おじちゃん？」

「ああ、そうだよ」

「おじちゃんも一緒に会おうね。すごく親切にしてくれたって、ママに話すわ。ママはきっと天国の入口であたしたちを迎えてくれるね。お水の入った大きな瓶と、あつあつのそば粉のパンケーキをどっさり持って。ボブおにいちゃんもあたしも両面を焼いたのが大好きなの。ねえ、あとどのくらい待つの？」

「さあ、わからんが、そう長くはないだろう」男は北の地平線にじっと目を凝らした。蒼《そう》穹《きゅう》に浮かぶ三つの小さな点が、こちらへ近づいてくるにつれぐんぐん大きくなっていく。点はあっという間に三羽の大きな鳥の姿となり、二人の放浪者の真上で円を描いたあと、彼らの頭上にそびえる岩へ舞い降りた。西部のハゲタカと呼ばれるノスリだ。死の前触れを意味している。

「あら、ニワトリさんよ」少女ははしゃぎ声をあげて不吉な鳥たちを指差し、驚かせて飛び立たせようと手をたたいた。「おじちゃん、この国も神様がおつくりになったの？」

「ああ、もちろんだとも」意外な質問に驚いている口調だった。

「神様はイリノイの国と、ミズーリ川もおつくりになったのよね」少女は話し続けた。「でも、この国をつくったのはきっと別の人よ。あんまり上手じゃないもの。川と木を忘れてるわ」

「お祈りをしようか」男がためらいがちに言った。

「まだ夜じゃないわ」

「かまわんさ。少しくらい時間がずれても、神様はお許しくださるだろう。草原にいたとき、毎晩みんなでお祈りしたね。馬車のなかで。あれと同じのをやってごらん」

「どうしておじちゃんはやらないの？」きょとんとして少女は尋ねる。

「忘れてしまったんだよ。背丈がこの鉄砲の半分くらいだった時分から一度もやってないんでね。うむ、だが、いまからでも遅くはない、もう一度覚え直そう。おまえがお祈りするのをよく聞いていることにするよ。声をそろえて唱えるところは一緒にやるとしよう」「じゃあ、あたしたち、ひざまずかなくちゃね」少女はショールを地面に広げ、その上に膝《ひざ》をついた。「それから両手をこうやって組むの。気持ちが静かになるでしょう?」

放浪者たちを眺めているのはノスリだけだったが、それはなんとも風変わりな光景だった。まだ舌足らずな幼い少女と百戦錬磨のつわものという組み合わせの二人が、地面に敷いた細長いショールに並んでひざまずいている。ぽっちゃりした小さな顔と、やつれて痩せ細った顔は、ともに畏敬《いけい》の念がこもったおごそかな表情で雲ひとつない空を仰ぎ、高く透きとおった声と低いしゃがれた声をひとつに合わせ、神の許しと慈悲を真剣に求めている。祈りが終わると、二人とも再び丸石の陰に座りこんだ。やがて少女はまどろみ、かたわらにいる保護者の広い肩にもたれかかった。男はしばらく稚《いと》けない寝顔を見守っていたが、三日三晩一睡もしていないのだから睡魔に打ち勝てるはずもなかった。まぶたがゆっくりと下りて疲れきった目を覆い隠し、頭は次第にうなだれて半白の顎《あご》ひげが少女の金色の髪にくっついた。そうして彼らは、ともに夢を見ることさえなく眠りに落ちた。

寝入ってしまうのがあと三十分遅ければ、男は不思議な光景に遭遇したはずだ。アルカリ平原のかなたに小さく砂煙が舞いあがるのをきっと目にしただろう。それは最初のうちこそ遠くの薄もやと見分けがつかなかったが、少しずつ縦にも横にも広がって、輪郭のはっきりした濃い雲に変わった。雲はさらに大きさを増し、やがて動物の大群が砂埃《すなぼこり》をもうもうと巻きあげながらやって来るのだとわかった。肥沃《ひよく》な土地であれば、草原で暮らす野牛の群れだと誰もが思う。しかしここは乾ききった不毛地帯、野牛などいるはずがない。渦を巻く砂塵《さじん》は男と少女が眠っている切り立った崖《がけ》へ徐々に近づいてきたが、距離が縮まるにつれ、馬車の幌《ほろ》と武器をかまえた御者の姿がおぼろげに見え始めた。西部を目指して移動する幌馬車の大集団だったのだ。なんというおびただしい数だろう！　隊の先頭は山のふもとにさしかかっているのに、最後尾は地平線にまだ現われない。幌馬車と荷馬車、馬にまたがった男や歩いている男など、隊列が広大な荒野いっぱいにややばらけて伸びている。荷物を背負ってふらつく足取りで進む女も無数に見え、幌馬車の脇をよちよち歩いたり白い幌から顔をのぞかせている子供の姿もある。となると、これは普通の移民ではなく、やむにやまれぬ事情から新しい土地を探して旅する流浪の民にちがいない。大集団が放つガタゴトという耳障りな音は、車輪のきしみや馬のいななきと重なり合って澄んだ空気を刺し貫いた。しかし喧騒《けんそう》に包まれてもなお、二人の疲れ果てた放浪者が目を覚ます気配はなかった。

隊列の先頭を行くのは、鉄のように厳格な面持ちの男たち二十人ほどで、地味な手織りの服をまとってライフル銃で武装していた。崖の下まで来ると、彼らは馬を止め、その場で話し合いを始めた。

「同胞たちよ、右へ進めば泉があるだろう」白髪まじりの頭で、ひげはなく、口もとに険しさをたたえた男が言った。

「シエラブランカ山の右側を行くべきだ。きっとリオグランデ川に出る」別の男が意見をはさんだ。

「水の心配など無用だ」三人目の男が大声で言い返す。「選ばれし民のわれわれが神に見放されるわけがない。岩の隙間からでも水を湧きださせる神の御業《みわざ》で必ずや守られるだろう」

「アーメン！　アーメン！」一同が声をそろえた。

再び進みだそうとしたとき、一番若くて目ざとい男があっと一声叫び、頭上にそびえるごつごつした岩を指差した。その頂上から、ひらひらとはためくピンクの布きれがのぞき、後ろの灰色の岩肌にくっきりと映えている。それを認めるや、先頭集団はただちに馬を止め、肩からすばやく銃をはずした。後方からは別の騎馬隊が急いで応援に駆けつけてくる。

「インディアン」という言葉が皆の口から次々に漏れた。

「このあたりにインディアンなどいるわけがない」一行を指揮しているとおぼしき初老の男がきっぱりと言った。「ポーニー族の居住地はすでに通過した。あとはあの大山脈を越えるまでどの部族とも出会わないはずだ」

「偵察に行ってきましょうか、スタンガスンさん」一人が言った。

すぐに、「おれも行く」「おれも」と十数名から声があがった。

「馬を置いて徒歩で行け。われわれはここで待つ」さきほどの長老めいた男が命令を下した。若者たちはすぐさま地面に降りて馬をつなぎ、好奇心をかきたてる奇妙な物体に向かって絶壁をよじ登りはじめた。鍛え抜かれた斥候たちは自信をみなぎらせて機敏に手足を動かし、音もなく速やかに進んでいく。下の平地で待つ者たちに見守られながら、偵察隊は岩から岩へひらりと移り、やがて崖のてっぺんに到達して空を背景に姿を浮かびあがらせた。先頭に立つのは最初に布きれを見つけた若者だったが、突然ぎょっとして両腕を振りあげた。すると後続の者たちも同じものを目にして、驚きのあまり立ちすくんだ。

岩と土がむきだしになった不毛の台地に巨大な丸石がひとつ横たわり、その陰に顎ひげが長く伸びた大柄な男が寝そべっている。顔つきが険しく、身体は骨と皮ばかりに痩《や》せ細っているが、息遣いは規則正しく穏やかなので、ぐっすりと眠っているらしい。かたわらでは幼い少女がやはり深く寝入っていて、白いふっくらした腕を男の褐色に日焼けした筋張った首に巻きつけ、金髪の頭を男のビロードの上着の胸にうずめている。薔薇《ばら》色《いろ》の唇がかすかに開いて真っ白な歯がのぞき、あどけない寝顔にはいたずらっぽい笑みさえ浮かんでいる。ぽっちゃりした白い足は、先をたどると、ぴかぴかの留め金がついた白い靴と白い靴下に包まれ、男のしなびたひょろ長い足とは異様なほど対照的だ。この奇妙な取り合わせの二人連れを、先刻から頭上の岩棚にいる三羽のノスリが不敵な面構えで狙っていたが、いきなり邪魔者たちが現われたのを見て、悔しげなしゃがれた鳴き声とともにぷいと飛び去っていった。

不吉で耳障りな鳥の声に、とうとう眠っていた二人が目を覚まし、不思議そうにあたりを見まわした。まもなく男はふらつきながら立ちあがって、崖の向こうの大平原を見下ろした。眠りに落ちたときは完全に空っぽだったその荒野に、なんといまは数えきれないほどの人と馬が一面に群がっている。信じられないとばかりに骨張った手で目をこすり、男は独り言をつぶやいた。「これが話に聞いていた幻覚というやつだな」いつの間にか少女がそばに来て男の上着の裾《すそ》をぎゅっとつかみ、黙ったまま子供らしく物珍しそうな目であたりをきょろきょろと眺めた。

忽然《こつぜん》と現われた救助隊が夢でも幻でもないことはすぐにわかった。一人がさっそく少女を抱きあげて肩に担ぎ、別の二人は痩せ細った男を支え、馬車の停まっている場所を目指して歩きだしたからである。

「ジョン・フェリアだ」放浪者の男は名乗った。「最初は全部で二十一人いたが、生き残ったのはわたしとあの子だけだ。ほかの者は飢えと渇きで、ずっと南のほうで死んでしまった」

「あの子はあなたの娘さんか？」誰かが尋ねた。

「ああ、そうだとも、わたしの娘だ」フェリアの声が急に頑《かたく》なな調子を帯びた。「ここまで守り抜いたんだ、決して手放すものか。いまからあの子はルーシー・フェリアだ。ところで、あんた方はどこの者たちだね？」日に焼けた屈強な男たちを好奇心のこもった目で見つめ、フェリアは訊《き》いた。「かなりの大所帯のようだが」

「一万人近くいます」若者の一人が答えた。「われわれは虐げられた神の子、天使モロニの選ばれた民です」

「そんな名前の天使は聞いたことがない」とフェリア。「まあしかし、ずいぶんと大勢の民をお選びになったんだな」

「神聖なものを冷やかすのはやめていただきたい」別の若者がきつくとがめた。「聖ジョゼフ・スミスはニューヨーク州パルマイラで、エジプト文字が記された金版を授かりました。われわれはその聖なる碑文を信仰する者なのです。イリノイ州のノーヴーに教会を建て、そこで暮らしていましたが、神を信じない凶暴な者たちに迫害されたため、安住の地を求めてこうして砂漠の真ん中まで旅してきたのです」

ノーヴーという地名に、ジョン・フェリアは思い当たるふしがあったようだ。「なるほど、わかったぞ。あんた方はモルモン教徒だったのか」

「そうです、モルモン教徒です」男たちは異口同音に答えた。

「で、どこへ向かっているんだね？」

「わかりません。神の御手がわれわれの預言者を介してお導きくださるままに進みます。では、これから預言者さまのところへ行ってもらわなければなりません。あなたたちをどうするかは預言者さまがお決めになります」

すでに岩山を下りて地上にたどり着いていた。たちまち巡礼者の一行がまわりに集まってきた。青白くておとなしそうな女たち、元気でにぎやかな子供たち、さも心配げなまなざしの男たち。行き倒れになりかけていたのが憔悴《しょうすい》しきった男と年端の行かぬ子供だとわかると、皆、口々に驚きと同情の言葉を発した。それでも救助隊は立ち止まることなく進み続け、群集がそのあとについていった。やがて、ひときわ目を引く派手で大きな幌馬車の前まで来た。ほかの馬車は二頭立てか、せいぜい四頭立てなのに、その立派な馬車だけは六頭もつないである。御者の隣に男が一人腰かけていた。まだ三十歳そこそこに見えるが、頭ががっしりと大きく、指導者に似つかわしい決然とした表情をたたえている。彼は茶色の表紙の書物を読んでいたが、信者たちが近づいてくると書物を脇に置き、斥候たちの報告にじっと耳を傾けた。そのあと、二人の放浪者を振り向いて言った。

「われわれと同じ教義を信じなければ、同行させるわけにはいかない」威厳のこもった口調だった。「羊の群れに狼を入れることはできないのだ。果物はどこか一箇所にでも傷があると、いずれ全体が腐ってしまう。あなた方が傷であるならば、この荒野で白骨と化してもらうしかない。どうだ、条件をのめるか？」

「ああ、のめるとも。どんな条件だろうが片っ端からのんで、一緒について行こう」ジョン・フェリアの気負いこんだ返事に、しかつめらしい態度の長老たちがふっと頬をゆるめた。だが指導者だけは威厳に満ちた険しい表情をみじんたりとも崩さなかった。

「では長老スタンガスンよ」指導者は教徒の一人に命じた。「この者に食べ物と飲み水を与えるように。子供にもな。それから、われわれの聖なる教義をこの者に教えるのもおまえの務めだ。さて、だいぶ時間を食ってしまった。ただちに出発だ！　いざ、神の都シオンへ！」

「いざ、シオンへ！　いざ、シオンへ！」周囲に集まった教徒たちが一斉に声を張りあげると、その言葉は後方に向かって人から人へ波紋のごとく伝わっていき、はるか遠くでくぐもったさざめきとなって消えた。ぴしっと鞭《むち》が鳴り、車輪が甲高くきしんで、大型の馬車が重たげに動き始める。まもなく隊列全体がうねりながらゆっくりと行進を再開した。放浪者の世話を言いつかった長老は二人を自分の馬車へ案内した。そこにはすでに食事が用意されていた。

「当分のあいだ、ここで休養なさるといい」長老は言った。「二、三日もすれば体力を取り戻せるでしょう。ところで、これだけは肝に銘じてください。あなた方はこれから一生、われわれの信徒です。ブリガム・ヤングさまがそうおっしゃったのですからな。神の声であるジョゼフ・スミスさまの思《おぼ》し召しを代弁なさったのです」

第2章　ユタの花

モルモン教徒の大集団が安住の地を手に入れるまでの道のりは、まさしく試練と苦難の連続だったのだが、それについて細かく記すには及ばないだろう。ミシシッピ川のほとりを発《た》ってロッキー山脈を越え、その西斜面に到達するまで、彼らは人類史上まれに見る不《ふ》撓《とう》不《ふ》屈《くつ》の精神で道を切り開いていった。先住民による襲撃、獰猛《どうもう》な野獣、飢えと渇き、さらには疲労、病気など、この世の摂理がつくりだしうるありとあらゆる障害が立ちふさがったが、アングロサクソンの名に恥じぬ粘り強さでもってみごと克服した。しかし長い旅のあいだには、たび重なる恐怖によってどんなに勇猛な者でも不安にさいなまれ、くじけそうになったことだろう。それだけに、陽光がさんさんと降り注ぐ広大なユタの渓谷が眼下に開け、指導者の口から、これぞ探し求めていた約束の地、この処女地は永遠にわれらのものなり、という御託宣がついに下ったときは、一行の誰もがその場にひざまずいて心から感謝の祈りを捧《ささ》げたのだった。

ブリガム・ヤングは指導者として優れているだけでなく、行政官としても大いに腕をふるい、ぬきんでた才覚を発揮した。地図が作製され、図面が引かれ、将来築かれる都市の構想が次々と打ちだされていった。周辺の農地は各人の地位に応じて配分された。商人にはそれぞれの商売が、職人にはそれぞれの職があてがわれた。町は道路や広場ができて魔法のごとく着々と整備が進み、村では灌漑施設や生け垣が設けられ、開墾と作付けが始まり、翌年の夏には見渡すかぎり金色の麦畑が広がった。この開拓地はなにからなにまで風変わりだったが、繁栄に続く道筋をたゆまず前進していった。なかでも特筆すべきは、町の中央に建設中の大寺院が日増しに高く、立派になっていくさまだった。幾多の困難をかいくぐって、無事にこの地まで導いてくれた神をあがめるため、寺院の完成に向けて皆そろって精を出した。朝は日が昇る前から、夕は日がとっぷりと暮れるまで、槌《つち》と鋸《のこぎり》の音が絶えることは片時もなかった。

一度は野たれ死にしかけた二人の放浪者、ジョン・フェリアと少女ルーシーも、モルモン教徒たちの大移動に最後まで同行した。フェリアと苦楽をともにしてきて、彼の養女となったルーシー・フェリアは、旅のあいだ長老スタンガスンの幌馬車《ほろばしゃ》に預けられ、彼の三人の妻と十二歳になる生意気盛りのわがままな息子に囲まれて不自由のない暮らしを送った。子供ならではの順応性で、母親を失った悲しみからじきに立ち直り、まわりの女たちにかわいがられながら、幌屋根がついた動く家での生活になじんでいった。ジョン・フェリアのほうは、弱っていた体力がもとどおり回復すると、有能な道案内役として、さらには根気強い猟師としても圧倒的な存在感を放ち、ほどなく新しい仲間たちから一目置かれるようになった。よって流浪の旅が終着点に達したとき、指導者ヤングと四大長老であるスタンガスン、ケンボール、ジョンストン、ドレッバーに次ぐ広い肥沃《ひよく》な土地を分け与えられたが、それに異を唱える者は一人もいなかった。

そうしてあてがわれた農場に、フェリアは自らの手で堅牢《けんろう》な丸太小屋を建てた。小屋は毎年増築が重ねられ、立派な別荘風の家に姿を変えた。生まれつき行動力に富み、商才に恵まれ、手先の器用な男だったが、身体も頑丈にできていたので、朝から晩までせっせと土地を耕した。そのかいあって、農場をはじめ彼が所有するものは群を抜いて大きな成果を生みだした。三年が過ぎる頃には近所の誰よりも豊かな暮らしを手に入れ、六年後には裕福になり、九年後には金持ちと呼ばれていた。さらに十二年が経ったときには、ソルトレイク・シティ全体で五指に入るまでの資産家になっていた。ユタ州北部のグレイトソルト湖から遠くワサッチ山脈にかけての地域で、フェリアはほかの誰よりもその名を知られていた。

しかし、フェリアにはひとつだけ、当時のモルモン教徒から見ると容認しかねる面があった。一夫多妻制の掟《おきて》に従って、皆と同じく妻を娶《めと》るよう周囲の者たちが繰り返し説得を試みたにもかかわらず、いっこうに聞き入れなかったのである。なぜそこまで結婚を拒むのかは決して語ろうとせず、あくまで意志を曲げなかった。そんな彼を信仰心が足りないと非難したり、守銭奴だから金を出し惜しみしているのだと陰口をきいたりする者がいた。また、若い時分に熱烈な恋に落ちたただの、大西洋岸のどこかの土地でうぶなブロンド娘を捨ててきただの、勝手な憶測が飛び交いもした。実際にどんな事情であれ、とにかくフェリアは頑《かたく》なに独身を守り続けた。だがそれ以外のことでは、モルモン教の信条に真面目に従ったので、まっとうで実直な人物だとの評判を得た。

ルーシーはフェリアの建てた丸太小屋で育ち、養父の仕事をかいがいしく手伝った。乳母も母親もいなかったが、山の澄みわたった空気や松林の馥郁《ふくいく》たる香りに抱かれて、すくすくと成長した。一年ごとに見ちがえるほど背が伸びて丈夫になり、頬は薔薇色《ばらいろ》に染まった。足取りはますます軽やかで、はずむようだった。街道沿いにあるフェリアの農場の前を通りかかった者は誰もが、たおやかな若々しい娘が麦畑を跳ねまわったり、父の野生馬を生粋の西部育ち顔負けの華麗な手綱さばきで悠々と乗りこなしたりする姿に目を奪われ、長らく忘れていた懐かしい感情が胸に去来するのを感じた。蕾《つぼみ》は美しく花開いた。父親が付近で誰よりも裕福な農場主となった頃には、娘もロッキー山脈以西ではほかに並ぶ者のいない、理想のアメリカ娘ともいうべき可憐《かれん》な乙女になっていたのだった。

ただし、娘が少女から大人の女性に変わったことを真っ先に目に留めるのは父親ではない。それが世の習いである。その神秘的な変身はあまりに微妙で、ゆるやかなため、毎日そばにいる者はなかなか気づかないものだ。当の本人でさえ、ふとある声を耳にして、ふとある手に触れられて、突然胸のざわめきとともに初めて気づく。自分のなかで新しい豊かな本能が息吹《いぶ》いたことを、誇らしさと不安の入り交じった思いで悟る。それがどんなにささやかな出来事であっても、未知の世界の幕開けを告げられた瞬間を女性は決して忘れないだろう。ルーシー・フェリアの場合、その出来事はささやかどころかきわめて劇的で、自分自身と周囲の者たちの将来に途方もない影響を及ぼすこととなった。

六月のある暖かい朝のことだった。蜜蜂《みつばち》の巣を教団の象徴とするだけあって、モルモン教徒たちはまめまめしく働いていた。畑でも道でも、営々と仕事に励む者たちの活気が蜜蜂の羽音のように力強く響いていた。土埃《つちぼこり》をかぶった街道には、荷をどっさり積んで西へ向かうラバが長蛇の列をなして進んでいく。カリフォルニアで巻き起こったゴールドラッシュによって、物資と人が東から西へさかんに移動するようになり、大陸を横断する陸路がちょうどこの〝選ばれし民〟の町を通っていたのだ。道を行く列のなかには、遠くの放牧地から来た羊や去勢牛の群れや、長旅に人も馬もぐったりと疲れた移住者の一行も見受けられた。そうした雑多な集団のあいだを縫うようにして、ルーシー・フェリアは白く透きとおった頰を上気させ、長い栗色の髪をなびかせながら、鮮やかな手並みで馬を駆っていく。父親の使いで町へ行くところなのだが、いつものように言いつかった用事で頭をいっぱいにして、若人ならではの大胆さでまっしぐらに進んでいる。その姿を、旅の垢《あか》にまみれた冒険者たちは目を細めて見送った。毛皮を運んで移動する無表情な先住民たちでさえ、白人娘の美しさに思わず目をみはり、禁欲的な態度をふっと和らげた。

町はずれにさしかかったところで、平原から荒っぽそうな牧童たちに引かれてきた牛の大群が道をふさぎ、ルーシーは行く手を阻まれてしまった。気がはやっていたため、わずかな隙間へ馬を突っこませて強引に通り抜けようとしたが、あっという間に背後をふさがれ、気がついたときには、長い角を生やし獰猛な目つきをした牛のうごめく群れにびっしりと取り囲まれていた。それでも牛の扱いには慣れていたので、冷静に隙をうかがいながらじりじりと前へ進み、なんとかこの場を切り抜けようとした。が、運悪く一頭の角が偶然か故意か馬の脇腹にぶつかり、馬はたちまち逆上した。憤然といななないて後ろ足で立ちあがると、よほど熟練した騎手でなければあっけなく振り落とされるであろう勢いで跳ねまわった。危険このうえない状況だ。馬は暴れるたびにまた牛の角にぶつかり、ますます怒りをあおられる。ルーシーは鞍《くら》にしがみついているのがやっとだった。落馬すれば、おびえて興奮した牛の蹄《ひづめ》に踏みつぶされ、無残な死を遂げなければならない。突然降りかかった絶体絶命の窮地に頭がくらくらして、手綱をつかむ手がゆるみそうになった。巻きあがる砂塵《さじん》ともみ合う動物たちの熱気で息が詰まる。絶望感に襲われ、もうだめだとあきらめかけたそのとき、すぐ横から「いま助けるぞ！」と叫ぶ力強い声が聞こえた。同時に浅黒くたくましい手が荒れ狂う馬のくつわ鎖をむんずとつかみ、牛たちを押しのけながらルーシーと馬を群れの外へ救いだした。

「きみ、怪我はなかったか？」男は優しくいたわった。

ルーシーは彼の日焼けした彫りの深い顔を見上げ、屈託なく笑った。「ああ、怖かった。まさかポンチョが牛の群れにあんなにおびえるなんて思わなかったから、びっくりしたわ」あっけらかんとして無邪気に言う。

「落馬しなくて本当によかった」男のほうは真剣な口調だった。背の高い、精悍《せいかん》な顔立ちの若者だ。粗末な猟師服を着て、肩から長いライフル銃を提げ、力強さがみなぎる葦毛《あしげ》の馬にまたがっている。「ジョン・フェリアのお嬢さんだね？　フェリアの家から出てくるところを見たんだ。帰ったら、お父さんに訊《き》いてみてくれないかな。セントルイスのジェファースン・ホープ一家を覚えてるかって。もしおれの知ってるフェリアさんなら、昔うちの親父と懇意にしてたんだ」

「ご自分で訊きにいらしたら？」ルーシーは取り澄まして言った。

さりげない招待の言葉が嬉《うれ》しかったと見え、若者は黒い目をきらきらと輝かせた。「じゃあ、そうさせてもらうよ。二ヶ月間ずっと山にいたから、よそのお宅を訪問できるような恰好《かっこう》じゃないが、そこは大目に見てもらうとしよう」

「父はあなたに感謝してもしきれないはずよ。わたしも同じ。父はわたしをとてもかわいがってくれてるの。もしもさっき、わたしが牛に踏まれて命を落としていたら、きっと一生悲しみ続けたと思うわ」

「おれもそうだよ」若者は言った。

「あなたが？　まあ、どうして？　わたしはあなたにとって縁もゆかりもない人間なのに。友人でもないわ」

若い猟師が浅黒い顔を急に曇らせると、ルーシー・フェリアは朗らかに笑った。

「冗談で言っただけよ、真に受けないで。もちろん、いまは友人同士だわ。ぜひうちにいらしてね。さてと、行かなくちゃ。遅くなったら、もう仕事を手伝わせてもらえなくなっちゃう。それじゃ、さよなら！」

「さよなら」若者は大きなソンブレロを脱ぎ、ルーシーの小さな手を取って挨拶《あいさつ》のキスをした。ルーシーは馬の向きを変えて、鞭《むち》をひとつ入れると、砂煙を巻きあげながら広い街道を走り去っていった。

ジェファースン・ホープ青年は連れの仲間たちとともに黙々と馬を進めた。彼らはネヴァダ山中で見込みのありそうな銀の鉱脈を探しあてたので、採掘に必要な資金を調達するためソルトレイク・シティに戻ってきたところだった。ずっと銀鉱のことしか頭になく、その成功に向けて全力を傾けてきたホープだが、さきほどの予期せぬ出来事で気持ちが完全に別のものへ引き寄せられた。シエラネヴァダ山脈を吹きわたるそよ風のようにすがすがしい、美しく健康的な娘と出会って、ホープの情熱に満ちた奔放な心は奥底までかき乱されたのだ。視界から娘の姿が消え去ったとき、彼は人生の重大な岐路に立たされたことを悟った。この新鮮で心奪われる出来事に比べたら、一攫千金《いっかくせんきん》の銀鉱も、それ以外のどんなものもたいして意味がないように思えた。胸にあふれでるこの感情は、少年時代に芽生えた気まぐれな恋とは似ても似つかない。もっと荒々しい、強靭《きょうじん》な意志と自尊心を持つ成熟した男のひたむきな熱情だった。これまで彼は手がけた仕事をことごとく成功させてきた。あの娘との恋も、骨身を惜しまず、あらんかぎりの忍耐力を注いで、なんとしても成就させなければと心に誓った。

同じ日の晩、ホープはジョン・フェリアの家を訪ねた。その後もたびたび足を運んで、いつしかフェリア家の一員のようになった。谷間の農場で仕事一筋に打ちこんできたジョン・フェリアは、この十二年というもの外の世界を知る機会がほとんどなかったので、ジェファースン・ホープが巧みな話術で語り聞かせる多彩な話に父も娘も熱心に聞き入った。カリフォルニア地方の開拓に携わってきただけあって、ホープは狂乱に踊らされた古き良き時代の大儲《おおもう》けや大損にまつわる珍奇な話を豊富に知っていた。そのうえ、未開地の偵察、毛皮猟、銀鉱探し、牛飼いなど、さまざまな仕事を経験し、血湧き肉躍る冒険のあるところにはつねにジェファースン・ホープがいたと言っても過言でなかった。そんな若者を老農場主はすぐに気に入り、口をきわめて褒めちぎった。そういうときルーシーはいつも黙って頰を染め、さも嬉しそうに目を輝かせていたので、ひそかに思いを寄せる相手がいることは明らかだった。堅物の父親は気づかなかったかもしれないが、彼女の愛情を勝ち取った若者本人がそうした兆しを見逃すはずはなかった。

ある夏の夕方、ホープは馬を飛ばしてやって来て、フェリア家の門の前で止まった。玄関にいたルーシーが迎えに出ると、ホープは手綱を垣根にかけてから、庭の小道を急ぎ足で歩いていった。

「出発するよ、ルーシー」両手を取って握り、優しいまなざしで彼女を見つめた。「いますぐついて来てくれとは言わないが、今度帰ってきたときにはおれと一緒になってくれるね？」

「今度というのはいつ頃？」ルーシーは頬を赤らめて笑った。

「遅くとも二ヶ月後だろう。そのときには必ずきみをもらいに来る。おれたちの仲を引き裂くことは誰にもできやしない」

「父さんはどう言うかしら」

「鉱山の事業がうまく行けば、承諾すると言ってくださった。事業のほうはなんの心配もいらないよ。自信があるんだ」

「まあ、よかった。父さんとあなたのあいだで話がついてるなら、わたしの返事はひとつだけよ。迷いはないわ」

「ありがとう！」ホープは声を詰まらせて言い、身をかがめてルーシーに唇を重ねた。

「さあ、これで話は決まった。ぐずぐずしていると別れがよけいつらくなる。仲間たちを谷で待たせているしね。さよなら、愛《いと》しいルーシー。元気でな。二ヶ月後にまた会おう」

抱擁を解くと、ホープはひらりと馬にまたがり、猛然と駆けだした。ルーシーを再び目にしたら、離れ離れになる決意がぐらついてしまうとでもいうように、一度も振り返らなかった。ルーシーのほうは門の前にたたずんで、ホープをじっと見送った。やがて彼の姿が見えなくなると、ユタの誰よりも幸福を噛《か》みしめながら、家のなかへ戻っていった。

第3章　ジョン・フェリア、預言者と相まみえる

ジェファースン・ホープが仲間たちとソルトレイク・シティを発《た》ってから、三週間が経過した。あの若者が戻ってきたときには、大事な愛娘《まなむすめ》を手放さなければならない。そう考えると、ジョン・フェリアは胸ふたがれる思いだった。それでも寂しさになんとか折り合いをつけて、この結婚を認めてやろうという気になったのは、娘の晴れやかで幸せそうな顔を見たからにほかならなかった。かねがね、なにがあろうと娘は絶対にモルモン教徒とは結婚させないと固く決心していた。モルモン教徒の結婚制度は恥と屈辱以外の何物でもなく、とうてい結婚とは呼べない。モルモン教の教義全般についての評価はさておき、一夫多妻制だけは断じて受け入れられなかった。とはいえ、その種の問題についてはこれまでひたすら沈黙を守ってきた。異端の見解を表明することは、当時の〝聖徒たちの国〟では危険このうえない行為だったからである。

そう、いうなれば自ら墓穴を掘るような行為である——よって、どんなに敬虔《けいけん》な信者でも、宗教上の意見を述べるときは必ず声をひそめ、誤解を招く言葉をうっかり口にして懲罰を加えられることのないよう細心の注意を払った。過去に迫害を受けた犠牲者たちは、いまや自らが迫害者となっていた。それも情け容赦のない残酷な迫害者に。セビリアの宗教裁判やドイツの秘密裁判制度、イタリアの秘密結社など、悪名高い例は数えあげればきりがないが、それらのどれよりも冷酷無比なのが、当時のユタ州に暗い影を落としていたこの宗教組織だった。

神秘のベールに覆われて正体をとらえにくいため、教団はなおさら恐ろしいものに感じられた。全知全能の絶対的存在をあがめたてているが、その姿を見た者や声を聞いた者は一人もいないのだ。教団を批判した男は忽然《こつぜん》と姿を消してしまい、彼がどこへ行ったのか、いかなる運命をたどったのか、誰にもわからずじまいだった。妻子の待つ自宅には二度と帰らなかったため、秘密裁判でどのような判決が下ったかを家族が本人の口から聞くことは結局できなかったのだ。うかつな発言や性急な行動は命取りになりかねない。しかも頭上の脅威である恐ろしい力の正体は、完全なる闇に包まれている。当然ながら、人々は絶えず不安におののき、たとえ荒野の真ん中であっても、胸にわだかまっている疑念を小声で漏らすことさえできないのだ。

初めのうち、この謎に満ちた恐ろしい力が降りかかるのは、モルモン教に帰依したにもかかわらず、教えに逆らったり、棄教しようとしたりする信者たちに対してだけだった。

ところが、まもなくしてそれ以外のところへも影響が及ぶようになった。一夫多妻制を土台で支える女性の数が不足し、その制度が脅かされ始めたことが原因である。あちこちで妙な噂が後を絶たなかった。先住民の姿など見かけたことのない安全なはずの地域で、移民が殺害されたり、野営地が襲撃されたりする事件が起こり、そのあとにはなぜかモルモン教団の長老たちのハーレムで女性の数が増えた。新しく来た女たちは皆、悲しみにやつれ果て、顔には激しい恐怖の跡をくっきりととどめているという。また、行き暮れて山中で野宿した旅の一行は、暗闇のなか武装した覆面の賊どもが足音もたてずこっそり通り過ぎるのを見たと語った。そうした噂や風聞のたぐいは、目撃談が積み重なるにつれて実体をなし、いっそう真実味を帯び、とうとう明確な呼称を与えられるまでになった。今日でも西部の人里離れた牧場などでは、〝ダナイト団〟だの〝復讐《ふくしゅう》の天使たち〟だのといった固有名詞が、災いをもたらす凶兆として住人の口の端にのぼることがある。

こうして正体不明だった組織がいまわしい姿をさらけだすと、人々は恐怖心をますますつのらせた。誰が残虐行為に及ぶ集団に属しているのかはいっさいわからず、信仰心を隠《かく》れ蓑《みの》に血と暴力に手を染めているメンバーの名前は極秘扱いになっていた。相手が親友だからとつい気を許し、預言者とその使命に対する疑いをうっかり打ち明けようものなら、まさにその親友が、夜になってから松明《たいまつ》と剣を手に残酷な処罰を下しに現われるかもしれないのだ。そのため誰もが隣人を警戒し、本音は決して口に出そうとしなかった。

ある晴れた日の朝、農作業のため麦畑へ出かけようとしていたジョン・フェリアは、門の掛け金がカチリとはずれる音を耳にした。窓からのぞいてみると、砂色の髪をしたごつい体格の中年男が庭の小道をこちらに向かって歩いてくる。フェリアの心臓は喉《のど》から飛びだしそうなほど跳ねあがった。なんと、ブリガム・ヤング御大じきじきのおでましではないか。これが吉兆などであるはずがない。フェリアは内心おびえながら急いで玄関へ出迎えに行った。だがモルモン教の指導者はフェリアの挨拶《あいさつ》を冷ややかに受け流し、案内された居間へ険しい顔つきで入っていった。

「兄弟フェリアよ」腰を下ろすなり、ヤングは砂色のまつげの下から眼光鋭くフェリアを見据えた。「われわれの信仰心に篤い教徒たちは、これまでおまえにずいぶん親切にしてやった。砂漠で餓死しかけていたところを助け、食べ物を恵み、この〝選ばれし谷〟まで無事に連れてきた。そのうえ土地も気前よく分け与え、われわれの保護のもとで富を築くことまで許してやった。そうだったな？」

「はい、おっしゃるとおりです」ジョン・フェリアは答えた。

「そうした特別なはからいへの返礼として、われわれがおまえに求めた義務は、真の信仰を得て教団の掟《おきて》を守ること、ただこれだけだった。おまえはその条件を自ら進んでのんだのだぞ。しかしながら、わたしの耳にはおまえが義務を怠っているという報告ばかりが入ってくる」

「怠ってなどおりません」フェリアは両手を広げて抗議した。「なぜそのようなことを言われるのでしょう？　きちんと共同募金をしていますし、教会へも通っています。それから——」

「ならば、おまえの妻たちはどこだ？」ヤングはあたりを見まわしながら、皮肉めかして言った。「全員ここへ呼ぶがよい。挨拶しておこう」

「たしかにわたしは結婚していません」フェリアは答えた。「しかし、女性の数が少ないわけですし、妻を娶《めと》るにふさわしい男はほかに大勢います。わたしは娘が身の回りの世話をしてくれていますから、いまのままで充分です」

「今日はその娘のことで話があって来た」ヤングは本題に入った。「彼女は成長して美しいユタの花となったな。この地の高位の者たちはこぞって関心を寄せている」

ジョン・フェリアは心のなかでうめいた。

「ところが、聞くところによれば、その娘が異教徒と結婚の約束を交わしたというではないか。まったく信じがたい話だ。むろん、根も葉もない噂であろうがな。

フェリアよ、聖ジョゼフ・スミスが定めた教義の第十三条をいま一度思い出すがよい。『敬虔なる娘は、〝選ばれし民〟の妻となるべし。異教徒との婚姻は大罪なり』。わかるな？　聖なる教えを信仰するおまえが、自分の娘に掟を破らせるようなことは断じてあってはならんのだ」

フェリアは黙ったまま、乗馬鞭《むち》を指でそわそわともてあそんでいる。

「おまえの信仰は、この一件によって試されることになろう。神聖なる四大長老会議でそう決まった。おまえの娘はまだうら若き乙女であるから、白髪まじりの老人と無理やり結婚させるつもりはない。ある程度は選択の余地を与えよう。長老たちはすでに若い雌牛（原注：ブリガム・ヤングの片腕だったヒーバー・C・キンボール長老は説教のなかで自分の妻たちをこう呼んでいた）を大勢所有しているが、その息子たちにも多少はあてがってやらねばならん。ちょうどスタンガスンとドレッバーには息子が一人ずついる。おまえの娘なら喜んで妻に迎えるであろう。フェリア、娘に彼らのうちどちらか一方を選ばせるように。二人とも若くて裕福で、真の信仰を持っている」

フェリアは眉《まゆ》をひそめてなおも黙りこんでいたが、やがて重たい口を開いた。

「しばらくの猶予をいただきたい。娘はまだほんの子供です。あの歳では、結婚は早すぎます」

「ひと月の猶予を与える」ヤングは椅子から立ちあがった。「ひと月後、どちらを選ぶか返事を聞かせてもらおう」

玄関を出ようとしたところで、ヤングは怒気に赤く染まった顔で振り返った。「ジョン・フェリアよ」目をらんらんと光らせ、とどろくような声で言う。「もしおまえが聖なる長老の命令に背くような信仰心の薄い人間ならば、生きていることを後悔するはめになるぞ。あのとき娘とともにシエラブランカの山で白骨と化していたほうがましだったと思うだろうよ！」

ヤングは拳《こぶし》を振りあげて威嚇したあと、ドアから出ていった。庭の砂利道をざくざく踏みつける音がそれに続き、フェリアの耳のなかで鈍く響いた。

娘に話をどう切りだせばいいのだろう。フェリアが膝《ひざ》に肘《ひじ》をついて頭を抱えこんでいると、やわらかい手が彼の手にそっと重ねられた。顔を上げたフェリアの目に映ったのは、かたわらに立っているルーシーの姿だった。ショックに青ざめた顔から、娘はさっきのやりとりを耳にしたのだとわかった。

「聞こえてしまったの」娘は父親の問いたげな視線に答えて言った。「家中に響く大声だったから。ああ、父さん、大変なことになったわ。どうしたらいいの？」

「だいじょうぶだ、怖がらなくていい」フェリアは娘を抱き寄せ、大きなごつい手で栗色の髪を優しく撫《な》でた。「きっとなんとかなる。それより、おまえ、あの若者への気持ちは冷めていないんだろうね」

ルーシーは返事の代わりに、すすり泣きながら父親の手をぎゅっと握りしめた。

「そうか、そうか、わかったよ。それならいいんだ。気が変わったなんていう返事はわたしも聞きたくないからね。あれはなかなか頼もしい若者だ。れっきとしたキリスト教徒でもある。ここの青二才どもが祈りだの説教だのにどれだけ励もうが、絶対にあの若者にはかなわんよ。たしか、明日ネヴァダへ向けて出発する一行があったな。伝言を頼んで、われわれの窮地を彼に知らせよう。あの男のことだ、きっと飛んで帰ってくるさ。電報を追い越さんばかりの速さでな」

父親のおどけた言い方に、ルーシーは泣きながら笑った。

「ええ、そうね。あの人が帰ってくれば、きっといい手立てを考えてくれるわ。でも、わたしが気がかりなのは父さんのこと。噂が――ぞっとする噂があるんだもの。預言者に逆らった者には、必ずや恐ろしい災いが降りかかるって」

「いや、まだ逆らってはおらんよ。それに、いずれそうなったときの危険にそなえる時間もある。丸一ヶ月もな。いざとなったら、このユタとおさらばするしかあるまい」

「ユタを出るの？」

「まあ、そういうことだ」

「でも、農場は？」

「できるかぎり金に換えて、残りはあきらめるしかないだろう。実を言うとな、ルーシー、ユタを離れようと考えたのはこれが初めてではないんだ。わたしは相手がどんな人間であれ、言いなりになるつもりは毛頭ない。ここの連中みたいに、いまいましい預言者に押さえつけられたまま生きるのはまっぴらだ。わたしは自由な精神のもとに生まれたアメリカ人だからね。この歳になって、いまさらやり方を変えられるわけがない。あいつめ、うちの農場を勝手にうろついてみろ、真正面から散弾銃をぶっ放してやる」

「でも、わたしたちがユタを出ていくのを、ここの人たちが黙って許すわけないわ」

「ジェファースンが戻ってくるのを待とう。彼の助けがあればなんとかなるさ。だからルーシー、それまでは気落ちした素振りは見せるんじゃない。泣きはらした目などしていたら、また文句を言われてしまう。とにかく当面はなにも心配しなくていい。危険はないんだから」

そう言って娘を励ますジョン・フェリアの口調は力強く確信に満ちていたが、その晩、父親がいつになく厳重に戸締まりするのを、ルーシーは見逃さなかった。そのあとで寝室の壁にかけてあった古くて錆《さ》びついた散弾銃を念入りに掃除し、弾丸をこめたことも。

第4章　決死の脱出

モルモン教の預言者が来訪した翌朝、ジョン・フェリアはソルトレイク・シティの町に出て、これからシエラネヴァダ山脈へ出発する知人を捜しあて、ジェファースン・ホープに手紙を届けてほしいと頼んだ。文面には、われわれ父娘《おやこ》はいま差し迫った危機にさらされている、一刻も早く戻ってきてほしい、との旨がしたためてあった。無事に手紙を託すと、肩の荷がいくぶん軽くなった気がして、いそいそと帰途についた。

ところが自宅に近づいたとき、門柱の両側に馬が一頭ずつつないであるのが見えた。驚いてなかへ入ると、さらに驚いたことに、二人の若者が厚かましくも居間にあがりこんで我が物顔でくつろいでいた。一人は顔色の悪い馬面の男だった。ロッキングチェアにふんぞり返り、両足をストーブの上に投げだしている。もう一人は首が太くて短く、粗野な感じのむくんだ顔で、両手をポケットに突っこんだまま窓際に立って口笛を吹いている。家の主が帰ってきても、若者たちは顎《あご》をしゃくっておざなりに挨拶しただけだった。そのあと、ロッキングチェアに座っているほうが口火を切った。

「ぼくらのことはたぶんご存じないでしょうね。こちらはドレッバー長老の子息、ぼくはジョゼフ・スタンガスンです。砂漠の真ん中で、神が御手を差し伸べてあなた方を真の教会へとお導きになったとき、一緒に旅をしていた者ですよ」

「神は御心のままに最良の時を選び、もろびとを迎え入れる」もう一人が鼻にかかった声で気取って言う。「神のひき臼《うす》はゆっくりと回り、細かく丹念に粉をひく」

ジョン・フェリアはそっけなく会釈した。この二人が何者なのかは本人が名乗る前から察しがついていた。

「こうしてうかがったのは」スタンガスンが話を続ける。「ぼくら二人のうち、あなたとお嬢さんに気に入られたほうが、おたくのお嬢さんに求婚するようにと父親に勧められたからなんです。ぼくの妻はまだ四人ですが、ドレッバー君のほうはすでに七人もいます。どうやらぼくのほうが有利のようですね」

「おいおい、そんなことはないさ、兄弟スタンガスン」もう一人ががなり立てる。「妻がいま何人いるかは関係ない。何人養えるかが肝心なんだよ。このあいだ親父から製粉所を受け継いだばかりだから、財力にかけてはぼくのほうが勝っている」

「ちょっと待った、将来性ならぼくのほうが上だ」スタンガスンがむきになって言い返す。「いずれ親父が神に召されたときには、なめし作業所と製革工場を相続するんだからね。

それに、ぼくのほうが年長だし、教会での地位も高い」

「ま、とにかく、決めるのはお嬢さんだ」ドレッバーは鏡に映った自分の顔を見ながら、にやにやした。「お嬢さんがどっちを選ぶか、楽しみに待とうじゃないか」

このやりとりを、ジョン・フェリアは部屋の入口に突っ立ったまま聞いていた。はらわたが煮えくりかえって、持っている乗馬鞭《むち》で二人の背中を思いきり打ちのめしてやりたい衝動に駆られた。

「いいか、よく聞け」たまりかねて、若造たちのもとへずかずかと歩み寄った。「ここに来ていいのは、うちの娘に招かれたときだけだ。それまでは二度と顔を出すんじゃない！」

二人の若いモルモン教徒はあっけにとられてフェリアを見つめた。彼らの考えからすれば、自分たちがこうして花婿の座を争っていることは、娘本人にとっても父親にとってもありがたく思うべきことなのだ。

「出口は二つあるぞ」フェリアが怒鳴った。「ドアと窓がな。さあ、どっちから出ていくんだ？」

真っ黒に日焼けした顔は憤怒《ふんぬ》にゆがみ、筋張った手はいまにも殴りかからんばかりにわなわなと震えていた。ドレッバーもスタンガスンも縮みあがって、そそくさと逃げだした。それを老農場主が戸口まで追いかけていく。

「おい、返事はどうした！　まだ聞いとらんぞ！」二人の背中に嘲笑《ちょうしょう》まじりの声を浴びせた。

「あとで吠《ほ》え面かくなよ！」スタンガスンは怒りで顔から血の気が引いていた。「預言者と長老会議の決定に逆らえば、どうなるかはわかってるんだろうな。死ぬまで後悔するがいい！」

「主の御手がいまに鉄槌《てっつい》を振り下ろすだろう！」年下のドレッバーも捨て台詞《ぜりふ》を放った。

「主は必ずあんたを懲らしめに来るからな！」

「だったらその前にこっちがおまえらを懲らしめてやる！」フェリアは激昂《げっこう》して怒鳴り返すと、銃を取りに二階へ駆けあがろうとしたが、ルーシーが腕にすがりついて引き止めた。娘の手をようやく振りほどいたときには、すでに馬の蹄《ひづめ》の音は遠ざかり、もはや追っても無駄だった。

「信心家ぶった悪党どもめ！」フェリアは額の汗をぬぐいながら吐き捨てるように言った。「ルーシー、おまえをあんなやつらに嫁がせるくらいなら、いっそ死なせたほうがましだ」

「わたしだって同じ気持ちよ、父さん」娘が迷わず答える。「でも、ジェファースンがじきに帰ってくるわ」

「そうだな、もう少しの辛抱だ。とにかく一日も早く帰ってきてもらいたい。ああいうやつらは、次になにをやらかすかわかったもんじゃないからな」

実際にそのとおりだった。この闘志みなぎる農場主とその養女には、即刻誰かが救援に駆けつけてやらなければならない。長老会議の権威にこれほどあからさまにたてついたのは、この開拓地始まって以来のことだった。ちょっとした不用意な言動さえ厳罰に処せられるのだから、このような大胆不敵な反逆者がいかなる運命をたどるかは推して知るべしだ。富や地位がもはやなんの役にも立たないことは、わかりすぎるほどわかっている。これまでにも、フェリアに劣らず裕福で人望のあった者たちが何人も神隠しに遭い、その財産は残らず教会に没収された。勇敢なフェリアといえども、じわじわと頭上に押し迫ってくる得体の知れない恐怖に身の毛がよだった。はっきりと目に見える危険ならば、敢然と立ち向かうこともできようが、こういうとらえどころのない不気味な影に覆われていては、神経がすり減るばかりだった。それでも娘には不安を気取られまいと、事態を楽観的にとらえているふりをした。だが愛情深い娘は父親の心の動きに敏感だったから、本当は落ち着かない気持ちでいることを鋭く見抜いていたのだった。

今回の反抗的なふるまいに対して、ヤングからなんらかの厳しいお達しがあることはフェリアも覚悟していたし、現実にそのとおりだったのだが、ただし、それは予期せぬ形で舞いこんだ。翌朝ベッドで目を覚ますと、上掛けのちょうど胸のあたりに、小さな四角い紙きれがピンで留められていたのである。そこには殴り書きの文字でこうあった。

〝改心のためにおまえに与えられた猶予はあと二十九日だ。それを過ぎたら――〟

文章をあえてしめくくらず、突き放すように終わっているところが、どんな脅し文句よりも殺気立っていた。そもそも、この警告状はいったいどうやって部屋へ入ってきたのだろう。使用人たちは別棟で寝ているし、ドアや窓はすべて戸締まりしてあったというのに。

そう考えると、ジョン・フェリアは動揺せずにはいられなかった。問題の紙きれはくしゃくしゃに丸めてしまい、ルーシーにはなにも言わず黙っていたが、胸に氷のかけらが突き刺さっているような心地だった。二十九日というのは当然、ヤングが決めた一ヶ月の期限の残り日数だ。神秘的な能力を持つ敵が相手では、力や勇気をどんなに振りしぼっても太刀打ちできないのではないか？　紙片を留めるため上掛けにピンを刺した手は、そこに寝ている者の心臓をひと突きにすることもできたはずだ。もしそうしていたら、こっちは誰に襲われたのか知ることもなく冷たい骸《むくろ》となっていただろう。

すると翌朝には、さらにぞっとすることが起こった。父娘で朝食の席についていたとき、ルーシーが突然あっと叫んで頭上を指差した。なんと天井の真ん中に、燃えて炭になった棒で書き殴ったのだろう、二十八という文字が大きくのたくっていた。ルーシーにはその数字がどういう意味なのかわからず、フェリアも教えようとはしなかった。その晩、彼は銃を構えて夜通し警戒にあたった。怪しい人影や物音にはまったく気づかなかった。ところが朝になって家のなかを見まわると、彼自身の部屋のドアに、外側から二十七という数字がペンキででかでかと書かれていたのだった。

そうして一日、また一日と過ぎていった。朝になると決まってどこかに、見えざる敵の書き残した数字が見つかった。それは一ヶ月という猶予期間があと何日で尽きるかの宣告だった。運命の数字はときには壁に、ときには床に、必ず目につく場所に記され、庭の門や手すりに小さな貼り紙として残されていることもあった。ジョン・フェリアが鋭く目を光らせているにもかかわらず、警告は毎日どこからともなく出現する。とうとう、それを目にするたび、迷信じみた底なしの恐怖に突き落とされるようになった。徐々に憔悴《しょうすい》し、落ち着きを失い、追いつめられた獣のようなおびえきった目つきに変わった。頼みの綱はただひとつ、ネヴァダから若き猟師が帰ってきてくれることだけだった。

やがて二十だった数字は十五になり、十五はさらに十まで減ったが、ジェファースン・ホープからはなんの音沙汰《おとさた》もなかった。彼の戻る気配はまったくないまま、不吉な数字だけが毎日ひとつずつ減っていく。街道に誰かが馬を駆る音が聞こえるたび、あるいは御者が馬に号令をかける声が響くたび、老農場主はようやく助けが来てくれたかと小走りに門へ向かった。しかし、とうとう五が四に、そして三になると、彼はすっかり意気消沈し、脱出はもはや不可能と絶望感に見舞われた。開拓地は周辺を山地に囲まれているため、その山岳地帯の地理に不案内なうえ、孤立無援とあっては、まるで手も足も出ない。しかも人の往来がある道は残らず厳重に監視され、非常線が張られている。長老会議の許可なくしては誰一人、通行を許されないのだ。もはや袋のネズミも同然、逃げ道などどこにも残されていないように思われた。それでも、娘にとって屈辱的な結婚は絶対に承服できないという信念は、びくともしなかった。そんなものに同意するくらいなら、いっそのこと命を絶ってしまおうと決めていた。

ある晩、フェリアは一人きりで部屋にこもり、この窮地をなんとか切り抜けられないものかと、むなしく思案をめぐらせていた。すでにその日の朝、二という数字が家の壁に書き殴ってあった。明日はとうとう期限最終日だ。それを過ぎたら、いったいなにが起こるのだろう？　脳裏には漠然としたおぞましい想像がおびただしく飛び交った。自分がこの世を去ったあと、娘はいったいどうなるのだろう？　こうして見えない網にからめとられたまま、どこにも逃げられず力尽きるしかないのか？　おのれの無力さを思い知らされたフェリアは、テーブルに突っ伏してむせび泣いた。

おや、あれはなんだ？　静寂のなかでかすかに響く、なにかをひっかくような音。低い小さな音だが、夜のしじまを貫いて、はっきりと聞こえてくる。玄関のほうだ。フェリアは忍び足で玄関ホールへ行き、耳をそばだてた。短い間があってから、再び抑えた音が繰り返された。誰かが木のドアをそっとたたいているのだ。秘密法廷の命令を受けて、刑の執行にやって来た真夜中の暗殺者か？　それとも猶予期間の最終日だと警告するため、一という数字を書き残しに来た使者か？　フェリアの神経は極度に緊張し、心臓はいまにも凍りつきそうだった。いっそひと思いに殺してくれ、と内心で叫びながら前へ突進すると、錠をはずしてドアを勢いよく開けた。

外はしんと静まりかえっていた。晴れた晩で、空には星がきらきらと輝いている。前方には小さな前庭があり、生け垣と門をはさんだ向こうは道路だが、どちらにも人影はまったく見あたらない。左右を見渡して安堵《あんど》のため息をついたが、なにげなく視線を足もとに落とした瞬間、ぎょっとした。地面に男が手足を投げだして、うつぶせに横たわっていたのだ。

フェリアは驚きのあまり卒倒しかけ、とっさに壁にもたれた。喉《のど》をつかんで叫びそうになるのを懸命にこらえながら、この倒れている男は重傷を負っているか、死にかけているかのどちらかだろうと考えた。ところが、男はいきなりもぞもぞ動きだしたかと思うと、腹這《はらば》いのまま蛇のような敏捷《びんしょう》さで音もなく玄関へ入ってきた。そして足の先まで家のなかに隠れるや、すばやく起きあがってドアを閉めた。唖然《あぜん》とするフェリアの目の前に現われたのは、精悍《せいかん》な顔に揺るぎない決意をにじませたジェファースン・ホープだった。

「いやはや、これは！」ジョン・フェリアは息をのんだ。「おかげで肝を冷やしたよ。なんでまたこんなやり方を？」

「その前になにか食べさせてください」ホープはかすれ声で答えた。「丸二日間、飲まず食わずなんです」テーブルに夕食の残りのハムとパンを見つけると、手づかみでむさぼるように食べ始めた。空腹がひとまずおさまったあとで、再び口を開いた。「ルーシーは元気ですか？」

「ああ。危険が迫っていることはまだ知らんのだ」父親は答えた。

「それはよかった。ところで、この家は監視人たちに包囲されています。それでああやって地面を這ってきたんですよ。だが、あいつらがどんなに抜け目なくても、このウォシュー族（訳注・ネヴァダ州西部からカリフォルニア州北東部にかけての土地にいた先住民族）仕込みの猟師はつかまえられっこありませんよ」

ジョン・フェリアは強力な味方を得たおかげで、俄然《がぜん》奮い立った。若者の革のように硬い手を取ると、敬意をこめて握りしめた。「なんという頼もしい男だ。われわれ親子と危険な運命をともにしてくれる者など、めったにいるもんじゃない」

「ええ、そのとおりですよ、親父さん」若き猟師は言った。「あなたのことは心から尊敬しています。だけど、あなた一人のためだったら、わざわざ厄介事にかかずらうようなまねはしなかったかもしれない。こうして戻ってきたのは、ルーシーがいるからこそです。ルーシーを守るためなら、一人ぐらいユタのホープ家の人間が減ったってかまうものか。命がけで戦いますよ」

「ありがたい。で、これからどうする？」

「明日が期限だから、今夜のうちに出発します。イーグル谷にラバ一頭と馬二頭を用意しておきました。金はどれくらいありますか？」

「金貨で二千ドル、紙幣で五千ドルだ」

「充分です。おれも同じくらい持ってますから。山を越えて、なんとかカースン・シティまで逃げなくては。ルーシーを起こしてください。使用人がこの家に寝ていなくてよかった」

フェリアが別の部屋で娘に旅支度をさせているあいだ、ジェファースン・ホープは目についた食料をかき集め、小さな包みをこしらえた。これから越える山には湧き水が少ないとわかっているので、水も磁器の壺《つぼ》に汲《く》んで用意した。その作業がちょうど終わったところへ、農場主がすっかり身支度の整った娘を連れてきた。恋人たちは再会の喜びを分かち合ったが、それはほんのつかの間だった。いまは一刻も無駄にはできない。やるべきことは山ほどある。

「さあ、すぐに出発だ」ジェファースン・ホープの低い声には、危険の大きさを覚悟のうえで戦おうとする決意がみなぎっていた。「玄関も裏口も見張られているが、横の窓からこっそり出て畑を突っ切ればいい。街道までたどり着けば、馬を待たせてある谷までたったの二マイルです。夜が明ける頃には山を半分越えているでしょう」

「もし途中で見つかったら？」フェリアが尋ねる。

ホープは上着の前からのぞいている拳銃《けんじゅう》の台尻《だいじり》を軽くたたいた。「大勢で襲いかかってきたら、二、三人は道連れにしてやりますよ」不敵な笑みを浮かべて言う。

家のなかの明かりはすべて消えている。フェリアは暗い窓の向こうに目を凝らした。そこに広がっているのは、今日かぎり別れを告げる自分の農場だった。だがとうに腹はくっている。娘の名誉と幸福のためなら、財産を捨てることなど少しも惜しくはない。風に吹かれてかさこそと葉音を鳴らす木々、ずっと先まで伸びるひっそりとした穀物畑。なんという平穏でのどかな風景だろう。ここに凶悪な殺意が潜んでいようとはまるで想像できない。しかし、若い猟師の青ざめて緊張にこわばった顔を見れば、この家へたどり着くまでに危ない目に多々遭遇したことは容易にうかがえた。

金貨と紙幣を詰めた袋はフェリアが、わずかばかりの食料と水はジェファースン・ホープが持った。ルーシーは自分の貴重品を少しだけ入れた小さな包みを抱えた。音をたてないよう慎重に窓を開け、黒っぽい雲で星明かりがいくぶんかげるのを待って、一人ずつ小さな庭に降り立った。それから息を殺し、しゃがんだ姿勢でそろそろと庭を横切った。垣根の陰に入ると、今度はその陰づたいに、麦畑へ出られる垣根の切れ目を目指して進んでいった。だがあともう少しというとき、ジェファースン・ホープが突然二人を物陰に引っ張りこんだ。三人はそこでじっと身を伏せたまま、震えながら様子をうかがった。

大草原で鍛えたホープの山猫のごとく研ぎ澄まされた耳が幸いした。三人が隠れたのとほぼ同時に、わずか数ヤード先からヤマフクロウの物悲しい鳴き声があがったのだ。すると、すぐにそれに応《こた》える別の鳴き声が少し離れたところで聞こえた。その直後、三人が行こうとしていた垣根の切れ目から、ぼんやりとした黒い人影が現われ、再び陰気な鳴き声で合図を送った。もう一人の男も暗がりから姿を現わした。

「明日の真夜中、夜鷹《よたか》が三度鳴くときだ」最初の男が言った。口ぶりからすると、こちらのほうが身分が上らしい。

「了解」二番目の男が答えた。「兄弟ドレッバーに伝えますか?」

「ああ、そうしてくれ。ほかの者たちにもな。九から七!」

「七から五!」もう一人がただちにそう返したあと、ふたつの人影は別々の方角へさっと分かれ、暗闇に溶けた。最後に言った数字はおそらく合言葉なのだろう。彼らの足音が遠ざかるやいなや、ジェファースン・ホープはすばやく立ちあがって、父娘《おやこ》に手を貸しながら垣根の切れ目を急いで通り抜けた。それから麦畑を全速力で突き進み、ルーシーが遅れそうになると抱きかかえるようにして走り続けた。

「早く！　急いで！」息を切らしながら、何度も声をかけた。「いま非常線を突破しようとしている。ここで急がないと、なにもかもが水の泡だ。さあ、早く！」

　街道へ出てからは、どんどん距離を稼いだ。人影に出会《でくわ》したのは一度きりで、とっさに畑に隠れて危うく難を逃れた。まもなく市街地に入るというところで、ホープは山へ続く狭いでこぼこ道へ二人を誘導した。頭上の暗闇から、とがった黒い二つの峰がぬっと顔を出した。そのあいだにある峡谷が、馬とラバを待たせてあるイーグル谷だ。ジェファースン・ホープは持ち前の鋭敏な勘で道を的確に選び、巨岩のあいだをすいと抜け、干上がった川床をたどっていった。やがて、忠実な動物たちをつないである目立たない岩陰にたどり着くと、ルーシーはラバに、フェリアは金の入った袋とともに馬に乗った。ホープは残る一頭の馬にまたがって、崖《がけ》の上の険しい道を先頭に立って進み始めた。

　荒々しい姿をむきだしにした大自然を目の当たりにする経験が乏しい者にとっては、途方に暮れるしかない悪路だった。道の片側には高さ千フィートを超える巨大な絶壁が黒々と威圧的にそびえ立ち、その柱状をなして連なる玄武岩の岩肌は、化石となった怪物の肋《ろっ》骨《こつ》のようにごつごつと突きだしている。反対側には丸石や割れた石の断片が積み重なって、足を踏み入れることすらできない。三人が先を急いでいるのはそんな崖沿いの獣道のごとき隘路《あいろ》で、一列にならないと通れないほど狭い箇所があちこちにあった。おまけに足場がかなり悪いため、馬の扱いによほど長《た》けた者でなければとうてい進むことはできなかった。しかし、このような危険と隣り合わせの状況でも、逃亡者たちの心は軽やかだった。一歩進むごとに、あの恐ろしい独裁集団との距離は広がっていくのだから。

ところがそれからまもなく、まだモルモン教徒の支配地を脱していなかったのだと思い知らされた。道が荒れ放題になった一段と寂しい場所にさしかかったとき、ルーシーが不意に驚きの声をあげ、頭上を指差したのだ。道を見下ろす岩の上に、黒い人影がひとつ、空を背景にくっきりと浮かびあがっていた。見張りの男だ。向こうもすぐさま三人の姿を認め、「誰だ？」と軍隊式の誰何《すいか》の声が静寂に包まれた峡谷に響き渡った。

「ネヴァダへ行く旅の者です」そう答えながら、ジェファースン・ホープは鞍《くら》につるしたライフル銃に手をかけた。

その返事に不満だったらしく、たった一人の張り番は銃を構えて三人のいるほうをのぞきこんだ。

「誰の許可を得た？」

「長老会議だ！」今度はフェリアが答える。モルモン教徒として暮らしてきた経験から、長老会議の名前を持ちだすのが一番威力があると心得ていた。

「九から七！」見張りの男が叫ぶ。

「七から五！」庭の垣根越しに聞いた合言葉を思い出し、ジェファースン・ホープがすかさず返す。

「よし、通れ。神のご加護を！」頭上から声が降った。その地点から先は道幅が広がり、馬を速歩で走らせることができた。しばらくして振り返ると、独りぼっちの見張り役は銃にもたれて休んでいた。フェリア父娘もホープも、これでようやく〝選ばれし民〟の土地の境界線を越え、行く手には無限の自由が広がっているのだと確信した。

第5章　復讐《ふくしゅう》の天使たち

三人は夜を徹して岩のごろごろした道を行き、迷路のような険しい峡谷を抜けていった。途中、道に迷うことも何度かあったが、そのたびに山を熟知したホープのおかげで事なきを得た。夜が明けると、神々しいまでに荘厳で、そして荒涼とした風景が眼前に開けた。頂上に雪をかぶった峨々《がが》たる連峰が四方をぐるりと取り囲み、互いの肩越しにはるか遠い地平線をのぞきこんでいる。道の両側には岩肌をむきだしにした絶壁が立ちふさがり、そこにぶら下がるような恰好《かっこう》で生えている松の木は道に大きく張りだして、ひとたび突風でも吹けば、頭上へ真っ逆さまに落ちてきそうだ。ただの取り越し苦労で終わればいいが、あたりには実際に落下したとおぼしき木や岩が無数に散乱しているので、一瞬たりとも気は抜けない。ついには三人のすぐ後ろで巨石が上から転がり落ち、その雷鳴のような轟音《ごうおん》が谷間の静寂を突き破った。馬たちはびっくりして、疲れきっているにもかかわらず全速力で駆けだした。

東の地平線から太陽がゆっくりと昇るにつれ、祭りの灯がともされるように、そそり立つ峰がひとつ、またひとつと光に照らされていき、ついにはすべての山嶺《さんれい》が真っ赤な輝きを放った。この堂々たる壮麗な景色に励まされ、三人の逃亡者は新たな闘志を燃やすのだった。小谷から流れ落ちる渓流に行きあたったところで小休止し、馬に水を飲ませ、自分たちもあわただしく朝食をとった。ルーシーと父親はもう少し休憩したかったが、ホープは先を急ぎたがった。「そろそろ、やつらが追跡を開始する頃だろう。いま急がなければ、すべてがふいになってしまう。カースン・シティに着きさえすれば、あとは安全なんだ。のんびりするのはそれからでも遅くはない」

丸一日、谷間の難路を苦労しながら進み続け、夕方にはこれで敵を三十マイルは引き離したのではないかと思うほど確かな手応えを得た。夜は冷たい風を少しでも避けられそうな岩陰にもぐりこみ、互いに身を寄せ合って暖を取りながら、数時間の短い眠りについた。そのあとは夜明け前から起きだして、再び山道を急いだ。いまだに追っ手の気配はみじんも感じられないので、さすがにジェファースン・ホープも、どうやらあの恐ろしい敵からはうまく逃げおおせたらしいぞ、と思い始めた。その組織がどんなに遠いところへもあっという間に魔手を伸ばし、獲物を情け容赦なくひねりつぶしてしまうことを、ホープはまだ知らなかったのである。

逃亡生活が始まってから二日目の昼頃、乏しかった食料はとうとう底をつく寸前となった。だがホープに焦りはなかった。山には食料になる鳥獣がいるからだ。猟師である彼は、これまでにもたびたびライフル銃を頼りに飢えを切り抜けてきた。すでに海抜五千フィート近い地点まで来ているため、空気は肌を刺すように冷たい。まずは風雨をしのげる岩陰を選び、フェリア父娘《おやこ》が暖まれるよう枯れ枝を集めて焚《た》き火《び》を燃やした。そのあと馬とラバをしっかりとつないで、ルーシーに行ってくるよと言い、銃を肩に担いで猟に出発した。少しして振り返ると、老人と娘は勢いよく燃える焚き火の前でしゃがみ、その向こうで馬とラバがおとなしくじっとしていた。やがてその光景は岩にさえぎられて見えなくなった。

ホープは谷から谷へ、二マイルばかり歩いて獲物を探しまわった。あちこちの木で樹皮に痕跡《こんせき》が残っているので、近くに熊が何頭もいるのはまちがいないのだが、姿はいっこうに見えない。収穫が得られないまま二、三時間を無駄に費やしたあと、あきらめてそろそろ引き揚げようかと思ったときだった。ふと上を仰いだところ、頭上三、四百フィートの突きだした岩に、興奮のあまり身震いするほど嬉《うれ》しいものを見つけた。大きな二本の角を持つ動物が、一頭だけぽつんと立っている。その立派な角からビッグホーンと呼ばれている羊だ。こちらからは見えないが群れがそばにいて、仲間のために見張りについているのだろう。幸い、首は反対方向へ向いているので、ここに人間がいることには気づいていないようだ。ホープは腹這《はらば》いになると、銃を岩の上で固定し、充分に狙いを定めてから引き金をしぼった。羊は宙に跳ねあがり、断崖《だんがい》の先で一瞬よろけてから下の谷へどさりと落ちてきた。

せっかく仕留めた獲物だが、重すぎて丸ごと持ち帰るのは無理なため、片方の腿《もも》と脇腹の肉だけ切り取った。すでに夕闇が忍び寄っている。戦利品を肩に担ぐと、さっそく来た道を引き返し始めた。ところが、出発してまもなく困った事態に陥った。獲物を探して夢中で歩きまわっているうちに、知らない谷へ入りこんでしまったらしく、戻る道がなかなか見つからないのだ。その谷はさらにいくつもの峡谷に分かれ、おまけにどれも似通っているので、まるきり区別がつかなかった。たぶんこれだろうと見当をつけて進んでみたが、一マイルほど行くと全然見覚えのない渓流にぶつかり、道をまちがえたのだとわかった。それで別の峡谷をたどってみると、今度もまた見覚えのない場所へ出てしまう。ようやくなじみのある谷へ戻ったときには、あたりは闇に包まれようとしていた。勝手知ったる道とはいえ、月はまだ昇っていないし、左右を高い断崖にふさがれているため暗くて見通しが悪い。肩の荷はずっしりと重く、歩き疲れてくたくただったが、一歩ごとにルーシーに近づいているのだと自分に言い聞かせながら、よろよろと進み続けた。少しでも早く獲物を持ち帰って、これで食料の心配をせずに旅を続けられるよと二人を励ましたい一心だった。

ようやく、フェリア父娘を残してきた谷の入口が見えてきた。その谷を取り囲む絶壁の輪郭は、暗がりでも自信を持って見分けられた。出かけてから、もう五時間近く経っている。二人ともさぞかし待ちわびていることだろう。嬉しさに胸を躍らせながら、戻ったことを早く知らせようと両手を口にあてがい、四方の谷間に反響する声で「おーい」と叫んだ。立ち止まって耳を澄まし、返事が来るのを待つ。ところが聞こえてくるのは、不気味なほど静まりかえった谷に雑音のように鳴り渡る無数のこだまだけ。もう一度、さっきより大きな声で呼んでみたが、数時間前まで一緒にいた父娘の声はささやきさえも返ってこない。漠とした言い知れぬ不安にとらわれたホープは、動揺のあまり大事な食料をその場に放りだして、憑《つ》かれたように走りだした。

岩の角を曲がると、焚き火のあった場所がひと目で見渡せた。まだ熾火《おきび》が赤く残っていたが、ホープがそこを離れたあとに薪《まき》を新たにくべた形跡はなかった。あたりはひっそりと静まり、重苦しい空気が垂れこめている。不安は残らず恐ろしい確信に変わり、彼の歩調はさらに速まった。燃え残った焚き火の周囲には生き物の姿はまったくなかった。馬も娘も老人も、あとかたなく消えている。ホープのいないあいだに突然の悲劇に見舞われたことは打ち消しようがなかった――あっという間にすべてをのみこみ、しかもなんの痕跡も残さない悲劇が。

強烈なショックで、ジェファースン・ホープは放心状態になった。めまいに襲われ、いまにもくずおれそうになるのを、ライフル銃にすがってかろうじてもちこたえた。しかし彼は本来、行動力に満ちた男である。茫然自失《ぼうぜんじしつ》の状態をすぐさま脱し、くすぶっている焚き火から燃えさしの木ぎれを一本拾いあげると、息を吹きかけて火を大きく燃えあがらせ、その明かりで小さな野営地を注意深く調べた。地面が馬の蹄鉄《ていてつ》の跡で踏みにじられているということは、騎馬の大集団が逃亡者の父娘に襲いかかったらしい。足跡の向きを見れば、その一団がソルトレイク・シティへ引き返したことは明白だった。フェリア老人とルーシーは二人とも連れ去られたのだろうか。そうにちがいない、と思いかけた瞬間、あるものが目に留まり、恐ろしさで総毛立った。野営地から少し離れたところに、赤っぽい土を盛った小さな山ができている。昼間ここを離れるときにはなかったものだ。しかも、どこをどう見てもできたばかりの墓ではないか。近づくと、盛り土の真ん中に棒が突き刺してあり、先端の割れ目に紙片がはさまっていた。そこに記された碑文は、短いがすべてを物語っていた。

ジョン・フェリア
もとソルトレイク・シティ市民
一八六〇年八月四日没

なんということだ。あの剛健な老人が、数時間前にここで別れたばかりの老人が、いまは死んで土に埋められているとは。こんな味もそっけもない文字が墓碑銘だとは。もしや、どこかにもうひとつ墓が？　ホープは気もふれんばかりになって周囲を探しまわったが、それらしきものは見あたらなかった。ルーシーはきっと、あの残虐な追跡者たちに連れ戻されたのだ。長老の息子のハーレムで囚《とら》われの身となる運命に、もはや逆らうことはできないのか。ホープはルーシーを待ち受ける不幸を嘆き、おのれの無力さを恨んだ。いっそのこと老農場主が静かに眠るこの墓で自分も息絶えてしまいたかった。

だが、生来の行動力がまたしても無力感をはねのけ、絶望から這《は》いあがった。フェリア父娘のためにはもうなにもしてやれないが、残りの人生を復讐《ふくしゅう》に捧《ささ》げることならできる。決して後へ引かない粘り強さと忍耐力をそなえたホープは、おそらく先住民のそばで暮らしてきたせいだろう、復讐心を絶やさないだけの執念も宿していた。消えかかった焚き火のそばにたたずんで、彼は思った。この手で敵を倒し、報復を遂げないかぎり、悲しみが癒《い》えることはないだろう。おのれの強固な意志と無尽の精力を残らずその目的に注ぎこもう。そう心に誓った若者は青ざめたすごみのある顔つきで、さっき放りだした獲物を拾い集め、くすぶっている火を再び燃えあがらせて肉を焼き、数日分の食料を用意した。それを手早く包むと、疲れ果てているのもかまわず、〝復讐の天使〟たちの足跡をたどって山道を引き返した。

くたびれた身体で、痛む足をひきずりながら、来るときは馬の背に揺られて進んだ道のりを谷から谷へ五日間歩き続けた。夜は岩の隙間に倒れこんで眠りをむさぼったが、夜明け前には起きて再び歩を進めた。そうして六日目、ようやくイーグル谷に着いた。不運な脱出行の出発点となった場所だ。そこからは〝聖徒たちの国〟を一望のもとに見渡せた。憔悴《しょうすい》しきったホープは、ライフル銃にすがって立ち、眼前に黙して横たわる町に向かって痩《や》せ衰《おとろ》えた腕を振りあげた。しばらく眺めているうちに、あちこちの主要な通りで旗が掲げられているのに気づいた。ほかにも祝い事を示す飾りがいくつか出ている。いったいなんの祝いだろう、と考えているところへ蹄《ひづめ》の音が響き、馬に乗った男が一人、こちらへやって来るのが見えた。顔がわかる距離まで近づくと、以前困っているところを何度か助けてやったことがあるクーパーという名のモルモン教徒だった。そこで、ルーシー・フェリアのことを尋ねようと、すれちがいぎわに呼び止めた。

「ジェファースン・ホープだ。覚えているだろう？」

そのモルモン教徒は、驚きの表情をありありと浮かべてホープを見つめた。無理もないだろう。目の前にいるのは破れた服をまとい、げっそりとして死人のように青ざめ、目だけがらんらんと光るみすぼらしい放浪者。この男がかつての颯爽《さっそう》とした若い猟師と同一人物だとは、誰もにわかには信じられまい。だが、本人に相違ないとわかった瞬間、今度は驚きが狼狽《ろうばい》に変わった。

「おい、正気か？　なぜ舞い戻ってきた？」詰め寄る口調で言った。「こんなふうに話しているところを見られたら、こっちの命まで危ない。いいか、あんたにはな、フェリアの逃亡を手引きしたかどで長老会議から逮捕状が出てるんだぞ！」

「長老会議だろうが逮捕状だろうが、ちっとも怖くはないね」ホープは息巻いた。「それよりクーパー、今度のことはあんたもなにか聞いているだろう？　知りたいことがある。友人のよしみで教えてくれ。頼む」

「なにが知りたいんだ？」モルモン教徒は不安げに尋ねた。「急いでくれ。岩に耳あり、木に目あり、だからな」

「ルーシー・フェリアはどうなった？」

「昨日、ドレッバーさんの息子と結婚したよ。おい、どうした、しっかりしろ。顔色が悪いぞ」

「いいんだ、ほっといてくれ」ホープは息も絶え絶えに言うと、唇まで血の気が失《う》せて、もたれかかっていた岩にぐったりと身体を預けた。「結婚した、と言ったな？」

「ああ、昨日。それで教会堂に旗が揚がってるんだ。ドレッバーさんの息子とスタンガスンさんの息子が、どっちが彼女をもらうかでだいぶもめてたよ。二人ともフェリア父娘の追跡隊に加わってたが、父親を射殺したのはスタンガスンだから、最初は彼のほうに分がありそうだった。ところが評議会へ持ちこまれると、ドレッバー側がはるかに優勢でね。結局、預言者さまはドレッバーに娘をやるとお決めになった。とはいえ、あの娘はもう長くないだろう。昨日見かけたら、はっきりと死相が表われてたよ。もう半分幽霊みたいだったな。おや、行くのか？」

「ああ、行くよ」ジェファースン・ホープはすでに立ちあがっていた。大理石の彫像のように顔がこわばり、目だけが不気味にぎらついていた。

「どこへ行くんだ？」

「さあな」ホープは突っぱねるように言って銃を肩にかけると、大股《おおまた》で谷を下っていき、野獣どものうろつく山奥へと姿を消した。だが、いまのホープほど獰猛《どうもう》で危険な獣は山のどこを探してもいないだろう。

悲しいことに、そのモルモン教徒の予想は的中した。父親が無残な死を遂げたせいか、あるいは汚らわしい結婚を強いられたせいか、いずれにせよ、哀れなルーシーは二度と元気を取り戻すことなく、日に日に痩せ細り、それからひと月も経たずに死んでしまった。飲んだくれの夫はもともとジョン・フェリアの財産目当てだったから、妻に先立たれてもさほど悲しまなかったが、ほかの妻たちがルーシーの死を心から嘆き、埋葬前夜にはモルモン教の慣習に従って通夜を営んだ。その真夜中過ぎのことだった。女たちが棺《ひつぎ》のまわりに集まっていると、なんの前触れもなくドアが勢いよく開き、ぼろを身にまとって、真っ黒に日焼けした男が、険しい顔つきで部屋へ踏みこんできた。女たちは恐怖のあまりすくみあがったが、男はそちらには目もくれず、声もかけず、かつてルーシー・フェリアの純粋な魂を宿していた物言わぬ白い亡骸《なきがら》にまっすぐ歩み寄った。そして彼女の上にかがみこむと、冷たい額にうやうやしく口づけをし、遺体の手を取って結婚指輪を抜き取った。「こんなものをはめたままで、埋葬させはしない！」男は噛《か》みつくように言い捨てると、女たちが人を呼ぶ間もないうちにその場から去り、階段を駆け下りていった。実に奇妙な、しかも一瞬の出来事だった。ルーシーの指から花嫁の金の指輪が消えたという動かしがたい事実がなかったら、その場面を目の当たりにした女たちでさえ幻だったのかと思っただろう。むろん、そこにいなかった者たちは話を聞かされても信じられなかったにちがいない。

それから数ヶ月間、ジェファースン・ホープは山中をさまよい、原始人のような生活を送りながら、胸の奥で暴れる獰猛な復讐心をあやし続けた。近隣の人々のあいだでは、町はずれを薄気味悪い人物がうろついている、人里離れた谷間でも怪しい人影を見かけた、などという噂が流れるようになった。あるときは、スタンガスン家の窓ガラスに銃弾が撃ちこまれ、スタンガスンから一フィートも離れていない壁をえぐった。また、崖《がけ》の下を歩いていたドレッバーの頭上にいきなり巨大な石が転がり落ちたこともあった。ドレッバーはとっさに飛びのいて地面に突っ伏し、間一髪で命拾いした。二人の若いモルモン教徒は命をねらわれる理由にすぐ思いあたり、敵を捕らえるか殺すかしようとたびたび山狩りをおこなったが、毎回空振りに終わった。そこで今度は用心深く行動する策に出て、一人きりでの外出や夜間の外出は徹底的に避けた。自宅も厳重に警備させた。だが、敵はそれきりまったく姿を見せず、妙な噂も聞かなくなったので、しばらくすると二人とも警戒心がゆるみ始めた。敵の復讐の念は時が経つにつれて自然と冷めたのだろう、と楽観するようになった。

だが実際には冷めるどころか、ぐらぐらと煮えたぎっていた。ジェファースン・ホープは生まれつき意志強固で、一徹な性分だ。報復に身命をなげうつとひとたび決めたら、ほかの感情に揺さぶられようはずがなかった。しかしその一方で、現実的な考え方の持ち主でもあったから、いくら頑丈な体格に恵まれていても、緊張にさらされたまま無理ばかりしていては倒れてしまうと悟った。食料の乏しい岩山で風雨に耐えながら暮らしていたため、だいぶ衰弱していた。力尽きて山のなかでくたばったら、いったいどうやって復讐を果たすのだ？　このまま身体を酷使し続ければ、まちがいなく野垂れ死にだぞ。それこそ敵の思うつぼではないか。ホープは考えた末に、体力を取り戻すため、そして復讐を確実に遂げるうえで必要な資金を貯めるため、ひとまず古巣のネヴァダ鉱山へ帰ることにした。最初はせいぜい一年くらいで戻ってくるつもりだったが、予期せぬ事態が次々に重なって、結局五年近く鉱山にとどまることになった。しかしそれだけの年月が過ぎても、あのむごい仕打ちはいまだ心に生々しい爪痕《つめあと》を残し、ジョン・フェリア老人の墓の前で立ちつくした忘れえぬ晩と変わらず、なんとしても恨みを晴らしたいとの思いがふつふつと沸き起こった。ホープは姿を変え、名前を偽り、おのれが正義と信じる務めを果たすために命さえ捨てる覚悟で、ソルトレイク・シティへ乗りこんでいった。ところが、そこで待っていたのは悔しい知らせだった。数ヶ月前に〝選ばれし民〟のあいだで争いが生じ、長老の権威に不満を抱く数名の若い信徒が反逆を企てた。その結果、多数の不平分子が教会から脱退してユタを去り、異教徒となっていたのだ。ドレッバーとスタンガスンもその一派に加わっていて、行方は杳《よう》として知れなかった。噂によれば、ドレッバーは財産のほとんどを現金に換え、裕福な身分で出ていったが、ともにこの地を離れたスタンガスンのほうはかなり貧しかったという。いずれにせよ、二人の居所に関する手がかりはただの一片もなかった。

このような大きな壁にぶつかれば、どんなに復讐心の強い者でもたいていはあきらめてしまうだろう。だがジェファースン・ホープは一瞬たりとも動じなかった。わずかばかりの貯金を頼りに、行く先々で苦労をいとわず働いて懸命に食いつなぎながら、復讐相手を捜しだすため町から町へ、アメリカ中をめぐり歩いた。歳月は流れ、黒かった髪に白いものがまじるようになったが、それでも彼は、わが身を捧《ささ》げると決めたただひとつの目的に精魂を傾け、警察犬のように辛抱強く敵を追い続けた。やがて、苦労がついに報われるときが来た。オハイオ州のクリーヴランド市に滞在していたときのことである。窓に顔がちらりとのぞいただけだったが、それが自分の追い求めていた敵であることは見まがいようがなかった。ホープは綿密な復讐《ふくしゅう》計画を胸に秘め、粗末な安宿へ戻っていった。しかし不運なことに、窓から外をうかがっていたドレッバーのほうも、通りに立つみすぼらしい身なりの男に気づき、その目に浮かぶ明らかな殺意を読み取ったのだった。ドレッバーは、いまでは彼の個人秘書になっているスタンガスンとともに治安判事のもとへ急ぎ、昔の恋敵が嫉妬《しっと》と憎悪に駆られて自分たちの命をつけねらっていると訴えた。ジェファースン・ホープはその日の晩に勾引《こういん》され、保証人がいなかったせいで何週間も留置場を出られなかった。ようやく釈放されたときには、ドレッバーの家はすでにもぬけの殻で、当人は秘書のスタンガスンを連れてヨーロッパへ逃げだしたあとだった。

かくして復讐はまたもやくじかれたが、激しい憎悪の念が原動力となり、ジェファースン・ホープを新たな追跡へと駆り立てた。もっとも、必要な資金が足りなくなったので、しばらく仕事に戻って旅費を稼がなければならなかったが、まとまった金ができるとただちにヨーロッパへ渡った。ヨーロッパでも、生計を立てるためどんなに卑しい仕事であろうと引き受け、都市から都市へと敵を追いかけた。しかし、なかなかつかまえることができなかった。ペテルブルクに着くと、敵はすでにパリへ発《た》ったあとだった。パリに着けば、今度はコペンハーゲンへ逃げられた直後だった。デンマークの首都でも、わずか数日の差で追いつけなかったが、次のロンドンでついに敵を標的にとらえた。そこで起こったことについては、すでにおわかりのとおりワトスン博士の手記が非常に頼りになるので、そこにもれなく正確につづられたジェファースン・ホープ本人の告白を引用することにしよう。

第6章　ジョン・H・ワトスン博士の回想録（続き）

取り押さえられるまで、男はすさまじいまでに激しく抵抗したが、もともと凶暴だったわけでも、私たちに危害を加えようとしたわけでもないようだった。もはやどんなにもがいても無駄だとわかると、にわかに相好を崩し、いまの格闘で怪我はなかったかと訊《き》いて私たちを気遣ったのである。そのあとで、ホームズにこう話しかけた。「おれはこれから警察へ連れていかれるんでしょう？　玄関の前に自分の馬車がありますから、足の縄をほどいてくれれば、自分で歩いていきますよ。昔とちがって目方が増えちまったんで、おれを担ぎあげるのはきっと骨が折れるでしょうからね」

グレグスンとレストレイドは、ずうずうしいことを言うやつだな、とばかりに目配せし合ったが、ホームズはすぐに男の言葉を信用し、足首を縛っていたタオルをほどいてやった。男は立ちあがると、再び自由になった感覚をじっくり味わうかのように両足をいっぱいに伸ばした。いまでもはっきりと覚えているが、私は彼の姿をつくづく眺め、ここまでたくましい男にはめったにお目にかかれないぞ、と内心でつぶやいた。日に焼けた浅黒い顔には、強靭《きょうじん》な肉体にひけをとらない確固たる決意と剛胆さが満ちあふれていた。

「もし警察署長の椅子が空いてるなら、絶対にあんたが座るべきだよ」男はそう言って、私の同居人に惜しみない賞賛のまなざしを注いだ。「おれを追いつめた手際は実に鮮やかだった」

「きみたちも一緒にどうぞ」ホームズは二人の警部に言った。

「手綱はわたしが」レストレイドが御者役を買って出た。

「ありがたい。僕はグレグスン君となかに乗ろう。ワトスン博士、きみもだ。この事件に興味があるようだから、同行するといい」

私は喜んで応じ、全員で階段を下りていった。つかまった男は逃げようとする気配はまったく見せず、おとなしく自分の馬車に乗りこみ、私たちもそれに続いた。レストレイドが御者台におさまって、馬に鞭《むち》をあてると、馬車はあっという間に目的地に着いた。スコットランド・ヤードの建物に入ったあとはまず狭い部屋へ通され、そこで取調官が容疑者と殺された被害者の氏名を書き留めた。その取調官は顔の青白い無愛想な男で、淡々と機械的に手続きを進めた。「被疑者は今週中に判事の前に出頭することになるが、ジェファースン・ホープ、その前に言いたいことはあるか？　ただし、あらかじめ警告しておくが、おまえの発言はすべて記録され、不利な証拠として用いられることがある。わかってるな」

「言いたいことなら山ほどありますよ」ホープは一語一語噛《か》みしめるように答えた。「ここにいる紳士方の前で、なにもかもすっかり話しておきたいんでね」

「裁判のときまで待ったほうがいいのではないか？」取調官が忠告をはさむ。

「おれが裁判にかけられることはないでしょう」ホープは言った。「いや皆さん、そんなにびっくりしないでください。自殺しようってわけじゃありませんから。おたくは医者でしたね？」彼は黒い目で眼光鋭く私を見た。

「そうだが」私は答えた。

「じゃあ、ここに手を当ててみてください」男は薄笑いを浮かべると、手錠がはまった手で胸のあたりを指した。

私は言われたとおりにした。たちまち、やみくもに暴走する異常な鼓動が伝わってきた。その振動で胸壁が小刻みに震え、もろい造りの工場で強力なエンジンを作動させているかのようだ。部屋が静まりかえっているため、ぶんぶんと低くうなる音がじかに耳まで届いてきそうだった。

「これは大変だ！」私は思わず叫んだ。「大動脈瘤《だいどうみゃくりゅう》じゃないか！」

「そういう病名らしいですね」ホープは穏やかに言った。「先週、医者に診てもらったら、あと数日で破裂するだろうと言われましたよ。何年も前から患ってるんですが、悪くなる一方でしてね。ソルトレイクの山中で、雨風に打たれながら飲まず食わずの生活を送ったつけが回ってきたんでしょう。やるべき仕事は終えたんで、いつあの世へ行こうがかまいませんが、その前にこういうことになったいきさつをどうしても話しておきたいんです。そのへんの血に飢えた殺人鬼と一緒にされちゃ、浮かばれませんからね」

取調官と二人の警部は、容疑者に身の上話をさせてやるべきかどうかその場で話し合った。

「ワトスン先生、容態が急変する可能性はありますか？」取調官が私に意見を求めた。

「大いにあります」私は答えた。

「ならば、公正さを期すため、ただちにこの男の供述をとることがわれわれの責務でしょうな」取調官はそう言ってから、ホープに向き直った。「よし、なんでも自由に話していいぞ。ただし、もう一度繰り返すが、おまえの発言は残らず記録されるからな」

「失礼して、座らせてもらいますよ」ホープはそうことわってから腰を下ろした。「動脈瘤のせいで疲れやすくなってましてね。そのうえ、つい半時間前にあんな取っ組み合いを演じたんで、もう身体はぼろぼろです。じきにこの世とはおさらばですから、ここで嘘をついたってしょうがない。いまからお話しすることは正真正銘の事実です。それを皆さんがどう扱うかなんて、おれにはどうでもいいことですよ」

そう前置きしたあと、ジェファースン・ホープは椅子に深々ともたれ、供述を始めた。その内容は想像を絶するものだったが、ごく普通のなんでもない事柄を語るかのように落ち着いた口調で順序立てて話を進めた。以下に記すのは、ホープの物語をそっくりそのまま再現したものである。彼の一言一句を書き留めたレストレイドの記録と照らし合わせてあるので、正確さについては自信を持って請け合う。

「おれがあの二人の男を憎んだ理由は、くどくど説明しても始まらんでしょう。早い話が、やつらは二人の人間を——ある父娘《おやこ》を——死に追いやり、その罪を最後は自らの命であがなったってことです。やつらの犯罪はすでに長い年月が経ってますから、どこの法廷へ引っ張りだしても有罪に持ちこむのは無理でしょう。だがあいつらが罪人だってことはおれが誰よりも知ってる。だから、裁判官と陪審員と死刑執行人の三役を一人で引き受けようと決心したんです。皆さんもきっと同じことを考えたはずですよ。男としての自尊心があって、おれと同じ立場に置かれれば。

さっき話した娘というのは、二十年前におれと結婚を誓い合った仲でした。ところがあのドレッバーと無理やり結婚させられ、絶望にうちひしがれたまま息を引き取ったんです。おれは彼女の亡骸《なきがら》から結婚指輪を抜き取り、心のなかで誓いました。これを死に際のドレッバーに突きつけて、悪行の報いを受けるんだってことをはっきり思い知らせてやろうと。それからは指輪を肌身離さず持ち歩いて、ドレッバーとその相棒を追いかけました。そして二つの大陸を駆けめぐった末、ようやくつかまえたんです。やつらはおれがそのうちあきらめるだろうと高をくくってたんでしょうが、そうは問屋がおろしませんよ。おれはたとえ明日死んだとしても——そうなる見込みは充分ありますがね——この世の務めは果たした、堂々とやり遂げたんだと満足して旅立てます。やつらは滅びました。おれがこの手で葬り去ったんです。これぞまさに本望ですよ。もう思い残すことはありません。やつらには金があったが、こっちは素寒貧だったから、追いかける苦労は並大抵のもんじゃなかった。ロンドンに着いたときは無一文の状態で、食い扶持《ぶち》を稼ぐためすぐに職にありつかなきゃなりませんでした。馬車と馬の扱いなら歩くのと同じくらい慣れてますから、さっそく馬車屋へ行くと、すんなり雇ってもらえました。毎週なにがしかの金額を親方に納めれば、稼いだ分は全部自分の懐に入るんです。たいした儲《もう》けにはなりませんが、どうにかこうにか食っていけました。一番苦労したのは道を覚えることです。このロンドンって街は迷路かと思うくらい複雑に入り組んでますからね。それでも地図を頼りに必死で頭に入れました。大きなホテルや駅を目印にしたら、だいぶ進歩しましたよ。

二人の居場所を突きとめるまでけっこう時間がかかりましたが、あちこち尋ねまわってようやく捜しあてました。川向こうのカンバーウェル地区にある下宿屋にいました。居所さえつかめれば、もうこっちのもんです。おれは顎鬚《あごひげ》を生やしてましたから、顔を見ても誰だかすぐにはわからないでしょう。やつらを辛抱強く追跡して、時機到来を待てばいい。二度と逃がすものかと心に固く誓いました。

ところが、またしても逃げられそうになったんです。おれはやつらがロンドンのどこへ行こうと必ずあとをつけました。自分の馬車を使うときもあれば、足で追うこともありましたが、やっぱり速度で勝る馬車のほうが確実です。そんなわけで、客を乗せる仕事は早朝か夜遅い時間だけしかできず、実入りがすっかり減って、親方に納める金にも困る始末でした。まあ、さして気にはしませんでしたがね。おれとしては標的の二人を取り逃がしさえしなけりゃいいんですから。

とはいえ、相手はずる賢い悪党どもです。ひょっとしたら尾行されてるかもしれないと警戒したんでしょう、単独では絶対に行動しないし、夜の帳《とばり》がおりてからは決して出歩こうとしません。二週間、一日も欠かさずつけまわしましたが、二人が別々に行動することはとうとう一度もありませんでしたよ。ドレッバーはたいがい酔っぱらってましたが、スタンガスンのほうはいっときも油断しません。朝から晩まで追いかけても、つけいる隙がまったくないんです。それでも落胆はしませんでした。機は熟したという予感めいたものがありましたんでね。ただひとつ気がかりだったのは、胸のなかで暴れてるこいつが、本懐を遂げる前に破裂するんじゃないかということでした。

そんなある日の晩、二人が下宿してるトーキー・テラスの通りで馬車を行ったり来たりさせてたら、一台の辻《つじ》馬車がその下宿の前に乗りつけたんです。まもなく家から荷物が運びだされ、すぐあとにドレッバーとスタンガスンも乗りこんで、馬車は走り去りました。おれも馬に鞭をくれて、見失わないよう追跡しましたが、もしや宿を変えるつもりだろうかと心配で、気もそぞろでしたよ。ユーストン駅でやつらが馬車を降りたんで、おれもそばにいた小僧に馬車を預けると、プラットホームまで追いかけました。二人がリヴァプール行きの汽車について尋ねる声が聞こえ、車掌はたったいま出たばかりだから当分ないと答えてました。スタンガスンはがっかりした様子でしたが、ドレッバーのほうはむしろ嬉《うれ》しそうでしたね。おれは人込みにまぎれて、二人のやりとりが耳に入る距離まで近寄りました。ドレッバーが、個人的な用事でちょっとそこまで行ってくる、すぐに戻るからここで待っていてくれと言うと、スタンガスンは反対して、つねに行動をともにすると決めたはずだろうと諭しました。しかしドレッバーは、これは扱いの難しい微妙な問題だから、どうしても一人で行くと言って譲りません。スタンガスンがどう答えたかは聞き取れませんでしたが、ドレッバーは相手にいきなり罵声《ばせい》を浴びせ、おまえは使用人の分際で主人に指図するつもりかと激しい口調でまくしたてました。秘書はこれでは手に負えんとあきらめたのか、じゃあもし終列車に間に合わなかったら、〈ハリデイ・プライベート・ホテル〉で落ち合おうと言って折れました。ドレッバーは、いや、十一時までには必ずプラットホームに戻ると言い残し、駅を出ていきました。

これは千載一遇のチャンスです。敵はもう仕留めたも同然でした。二人一緒だと防御が固いが、離れ離れになればこっちのもんですよ。ただし、性急に事を運ぶようなことはしませんでした。すでに計画は練ってあります。あの極悪人どもに、誰の手で息の根を止められるのか、なぜ罰を受けるのかを知らしめないかぎり、復讐《ふくしゅう》を完全に果たしたことにはなりません。ですから、おれをひどい目に遭わせた相手に、昔の悪事がわが身に跳ね返ってきたんだとわからせる手立てを用意しておいたんです。実はその数日前に、たまたまこんなことがありましてね。おれの馬車に乗せた客がブリクストン通りの空き家を何軒か見てまわり、そのうちの一軒の鍵《かぎ》を馬車に忘れてったんです。晩になって客が取りに来たんで返しましたが、すでに型を取って、合鍵をつくらせたあとでしたよ。おかげで、この大都会に少なくとも一箇所、誰にも邪魔されず自由に使える場所が手に入りました。残る問題は、ドレッバーをどうやって空き家へ誘いこむかです。

駅をあとにしたドレッバーは通りを歩いていき、途中で酒場に数軒立ち寄りました。最後の店では三十分近く粘ってましたよ。出てきたときにはもうすっかりできあがっちまって、千鳥足の状態でした。ちょうどおれの前にいた辻馬車に乗りこんだんで、すぐに追いかけ、馬の鼻面が向こうの御者にくっつかんばかりの勢いでぴったりと後ろにつけました。ウォータールー橋を渡って、さらに数マイル走ったあとに到着したのは、なんとやつがさっきまで滞在してたトーキー・テラスでした。どういうつもりで舞い戻ったのかは見当もつきませんでしたが、とにかく尾行を続けることにして、下宿屋から百ヤードばかり手前で馬車を停めました。やつは玄関へ入っていき、辻馬車は走り去りました。あの、すみませんが、水を一杯いただけませんか。しゃべってると口がからからになっちまって」

私が水の入ったグラスを渡すと、ホープはごくごくと飲み干した。

「おかげで楽になりましたよ」彼はそう言って話の続きに戻った。「で、馬車を停めたまま十五分くらい待ってると、突然家のなかから人が争ってる物音が聞こえ、その直後、ドアがぱっと開いて二人の男が飛びだしてきました。一人はドレッバー、もう一人は見知らぬ若い男でした。若い男はドレッバーの襟首をつかんで玄関の石段へ引きずっていき、路上へ蹴《け》り落としました。ドレッバーは道の真ん中あたりまで転がっていきましたよ。『このごろつきめ！　うぶな娘に手を出すとどうなるか、目に物を見せてやる！』若い男がものすごい剣幕で怒鳴りつけました。ドレッバーのやつは尻尾《しっぽ》を巻いて逃げだしましたが、あと一歩遅ければ、若い男に棍棒《こんぼう》でたたきのめされてたでしょう。ドレッバーは通りの角まで駆けてくると、ちょうどそばに停まってたおれの馬車にあわてて飛び乗りました。そして『ハリデイ・プライベート・ホテルまで』と行き先を告げたんです。

やつがおれの馬車に乗ってる、とうとうつかまえたんだ。そう思うと嬉しくて、動脈瘤《どうみゃくりゅう》が破裂するんじゃないかと心配になるほど心臓が飛び跳ねました。ゆっくりと馬車を走らせながら、どうすればいいか考えをめぐらせました。どこか人里離れた土地へ連れていって、人けのない路地でけりをつけようか。そうだな、それがいい、と結論が出かかったとき、ドレッバー本人が名案を授けてくれました。やつはまたぞろ酒が欲しくなって、通りかかった安酒場の前で馬車を停めろと言いだしたんです。おれに外で待つよう言い残し、一人で酒場へ入っていきました。看板まで飲み続けて、出てきたときにはすっかり酩酊《めいてい》状態でしたから、勝負はもらったと思いましたね。

ことわっておきますが、残忍な殺し方をするつもりは毛頭ありませんでした。あの下種《げす》野郎にはそれが当然の報いってもんですが、どうしてもそこまでやる気にはなれなかったんです。それどころか、やつに生き延びるチャンスを与えてやってもいいと前々から考えてました。おれはアメリカ大陸を放浪しながら、いろんな職を渡り歩いて、一時はヨーク大学の実験室で雑用やら掃除やらを受け持ってました。そのときのことです。ある日、教授が毒物の講義でアルカロイドとかいうものを学生たちに見せながら、これは南アメリカ先住民の毒矢から抽出した猛毒だ、たとえ微量でも摂取すれば即死は免れない、と説明してました。おれはその毒薬がしまってある瓶を覚えておき、誰もいなくなってからほんの少しくすねました。薬の調合はお手の物でしたから、そのアルカロイドってやつを仕込んだ水溶性の小粒の丸薬をいくつか作り、それとは別に見た目がそっくりな無害な丸薬も作りました。そして、双方をひとつずつ組み合わせて箱に入れたんです。いよいよ決着をつける段になったら、あいつらに箱から一粒選ばせ、残ったほうを自分で飲むつもりでした。その方法なら、ハンカチをあてがって拳銃《けんじゅう》で撃つよりも確実で、しかもはるかに静かですからね。その日以来、丸薬の箱をつねに持ち歩いてましたが、とうとうそれを使うときがやって来たのです。

　午前零時を過ぎ、もうじき一時になろうとする頃、風が強く吹きつけて滝のような雨が降りだし、不気味な晩となりました。しかし、そんな気が滅入るような天候でも、内心は喜びではちきれんばかりでしたよ――歓声をあげたいくらいにね。皆さんもただひとつのことを二十年間切望し続け、それがかなう瞬間が突然目の前に迫ったという経験をお持ちなら、あのときのおれの気持ちがきっとわかると思います。葉巻に火をつけて、気を静めようとゆっくりふかしましたが、興奮のあまり手が震えて、こめかみはどくどくと脈打ってました。馬車を走らせてるあいだ、おれに笑いかける懐かしいジョン・フェリアと愛《いと》しいルーシーの顔が外の暗闇に見えました。こうして皆さんの顔を見てるのと同じくらい、はっきりとです。ブリクストン通りの空き家で馬車を停めるまで、二人はおれを差し招くように前方の馬の左右にずっと付き添ってくれました。

空き家の周辺に人影はなく、雨のざあざあ降る音を除けば物音もしませんでした。馬車の窓をのぞくと、ドレッバーは酔っぱらってうずくまるような恰好《かっこう》で眠りこけています。おれはやつの腕をつかんで揺り起こしました。『お客さん、着きましたよ』

『ああ、そうか』と返事がありました。

てっきり自分が告げたホテルだと思ったんでしょう、やつは黙って馬車を降り、おれのあとから庭へ入ってきました。足もとがふらついてるので、脇から支えてやらなけりゃなりませんでしたがね。玄関に着くとドアを開け、表側の部屋へ連れていきました。そうするあいだも、フェリア父娘《おやこ》はずっと前を歩いておれを先導してくれました。誓って本当です。

『やけに暗いな』ドレッバーは足を踏み鳴らして言いました。

『すぐに明るくなりますよ』おれはマッチを擦ると、持ってきたろうそくに火をつけました。『久しぶりだな、イーノック・ドレッバー』そう言うなりやつを振り返って、ろうそくで自分の顔を照らしました。『誰だかわかるか?』

やつは酒に酔ってとろんとした目でしばらくこっちをにらんでましたが、やがてその目に恐怖の色が差したかと思うと、顔中が痙攣《けいれん》し始めました。おれが誰だかわかったんです。真っ青になって、よろけながらあとずさりましたよ。額から汗が噴きだし、歯もガチガチ鳴ってるのがわかりました。おれはドアにもたれて、いいきみだと大声であざ笑ってやりました。復讐の味は甘いと言いますが、これほど満ち足りた気分を味わえるとは想像もしませんでしたね。

『この虫けらめ！』おれは怒鳴りました。『ソルトレイク・シティからペテルブルクまで延々とおまえを追いかけたが、いつもするりとかわされた。だがこれで茶番は終わりだ。おまえかおれか、どちらか一方はもう明日の太陽を拝めないんだからな』おれがしゃべってるあいだも、やつは気のふれた人間を見るような目つきで、どんどんあとずさっていきます。実際、あのときのおれは正気じゃありませんでしたがね。こめかみがハンマーでたたいてるみたいにガンガン脈打ってました。そのあと鼻血が大量に噴きだして、いくらか楽になったんですが、そうでなかったら発作を起こしていたかもしれません。

『ルーシー・フェリアのことをどう思ってるか言ってみろ』おれはドアに施錠し、鍵をやつの顔の前でちらつかせました。『だいぶ時間はかかったが、とうとうおまえに天罰が下るときがやって来たな』その言葉を聞いて、あの臆病者《おくびょうもの》は唇をぶるぶると震わせました。もはや命乞《いのちご》いをしても無駄だとあきらめている顔でした。

『おれを殺そうってのか？　殺人だぞ』声がうわずってましたよ。

『いいや、殺人じゃない。狂犬を始末するってだけの話だ。おまえはむごたらしく殺された父親から娘を奪い去り、汚らわしいハーレムに無理やり閉じこめた。よくもそんな無慈悲なことができたな』

『父親を殺したのはおれじゃない！』やつは叫びました。『あの娘の無垢《むく》な心をずたずたに引き裂いたのは、おまえだ！』おれは金切り声で言い、薬の小箱をやつの前に突きだしました。『神の裁きにゆだねようじゃないか。さあ、どちらか一方の薬を飲め。ひとつは死、もうひとつは生だ。おれは残ったほうを飲む。この世に正義はあるのか、それともすべては運によって決まるのか、これではっきりするだろう』

あの腰抜け野郎め、助けてくれだのなんだの、さかんに泣きわめきましたが、ナイフを抜いて喉《のど》もとに押しあてたらやっと言うとおりにしました。そのあとおれも残ったほうを飲んで、互いに一分かそこら無言でにらみ合い、どっちが生き残るのか、死ぬのはどっちなのか、結果を待ちました。あいつが苦しみの前触れを感じて、毒を飲んだのは自分だと悟った瞬間の形相は、忘れようにも忘れられませんよ。おれは高笑いしながら、ルーシーの結婚指輪を目の前に突きつけてやりました。もっとも、アルカロイドの効き目は急速なので、ごく短い時間でしたがね。襲ってくる激痛に顔をひきつらせたドレッバーは、両手を前に投げだし、よろよろと数歩進んでから、しゃがれた叫び声とともにばったりと床に倒れました。おれは足でやつをひっくり返して仰向けにすると、胸に手を当てました。鼓動は伝わってきません。絶命したんです！

おれの鼻血はいっこうに止まらず、だらだらと垂れ続けてましたが、かまわず放っておきました。その血で壁に字を書こうなんて思ったのはなぜなのか、いまだにわかりません。

たぶん、警察を混乱させてやろうというちょっとしたいたずら心からでしょう。妙にうきうきした気分でしたから。以前ニューヨークで、RACHEと書かれたドイツ人の変死体が見つかり、これは秘密結社による殺人にちがいないと当時の新聞が派手に書きたてたことがあったんです。それをふっと思い出しましてね。ニューヨークで大騒ぎになったんだから、ロンドンでもきっとそうなるだろうと期待して、指に自分の鼻血をつけ、手近な壁にあの文字を書いたんです。馬車へ戻ると、あたりには誰もいないし、相変わらず雨も風も強くて荒れ模様でした。しばらく馬車を走らせたあとで、いつもルーシーの結婚指輪を入れているポケットに手をやったところ、指輪がなくなってるじゃありませんか。心臓が飛びだすかと思いましたよ。なにしろ、あの娘の唯一の形見ですからね。もしかしたらドレッバーの死体にかがみこんだときに落としたのかもしれない。そう考えてすぐ引き返し、目立たない路地に馬車を停め、無謀だとは百も承知のうえで空き家へ戻りました。どんな危険を冒そうとも、あの指輪だけは失いたくなかったんです。ところが家の前まで行くと、ちょうどなかから出てきた警官と鉢合わせしました。それでやむなく酔っぱらいのふりをして、疑いをそらしたわけです。

こうしてイーノック・ドレッバーはあの世へ行きました。残る仕事は、スタンガスンにも同じようにして罪を償わせ、ジョン・フェリアの無念を晴らすことです。〈ハリディ・プライベート・ホテル〉に泊まってるのはわかってましたから、そこへ行って一日中見張りました。ところが全然外へ出てきません。ドレッバーが約束の時間に現われなかったので、なにかあったと察したんでしょう。あのスタンガスンは実に抜け目のない男で、つねに用心深いですからね。しかし、部屋にこもってりゃ安全だと思ったら大まちがいだ。あいつの寝室の窓をただちに突きとめると、翌朝早く再びホテルへ行って、裏手の路地にあった梯子《はしご》を拝借し、明け方のまだ薄暗い頃、スタンガスンの部屋へ窓から侵入しました。そしてあいつをたたき起こし、昔の殺人の罪をあがなうときが来たと告げました。ドレッバーの最期がどうだったか話して聞かせ、そのときと同じようにどちらか選べと言って二個の丸薬を差しだしました。生き延びるチャンスを与えてやったわけです。なのにあいつはそれをうっちゃって、いきなりベッドから飛び跳ねると、おれの喉もとにつかみかかってきました。だからおれは自分の身を守るため、あいつの心臓に刃物を突き立てたんです。まあ、どっちみち結果は同じだったと思いますがね。罪で汚れたスタンガスンの手は、神の摂理によって必ず毒を選んだでしょう。

話しておきたいことはもうあとわずかです。ちょうどいい頃合いだ。へたばっちまって、そろそろ限界ですから。あのあとも辻《つじ》馬車の仕事は続けました。アメリカへ帰る旅費が貯まるまでと思ってね。そうしたら今日、停車場で客待ちしてると、薄汚いなりの小僧がやって来て、ベイカー街二二一Bのお客さんがジェファースン・ホープって御者をご指名だと言うんです。なんの警戒もせずのこのこ出かけてったら、こちらの若い紳士にいきなり手錠をかけられちまった。まったく目にもとまらぬ早業でしたよ。さあ、おれの話はこれで終わりです。皆さんから見ればおれは殺人犯ってことになるんでしょうが、自分では皆さんと同じ正義の番人だという誇りを持ってるんです」

ホープの話は壮絶としかいいようがなく、語る態度も真剣そのものだったので、私たちは押し黙ってじっと聞き入っていた。犯行の詳しい模様などいやというほど聞かされてきた本職の警察官たちまでもが、ホープの話にすっかり引きこまれたようだった。供述が終わったあとも皆しばらく無言で、レストレイドが速記録をしめくくろうと鉛筆を走らせている乾いた音だけが静寂に響いていた。

「ひとつだけ確かめておきたいことがあるんだが」最初に口を開いたのはホームズだった。「僕の新聞広告を見て、おまえの相棒が指輪を取りに来たが、あれはいったい何者だ？」

ホープはおどけたしぐさでホームズに片目をつぶって見せた。「自分自身の秘密ならいくらでもしゃべりますが、他人に迷惑をかけるわけにはいきません。あの広告を見たときは、警察の罠《わな》なのか、それとも本当におれの大事な指輪を拾った人がいるのか、判断がつきませんでした。すると友人が、じゃあ探りを入れてきてやるよと言って、あの役を引き受けてくれたんです。あの男、なかなかうまくやったでしょう？」

「ああ、すばらしい腕前だったよ」ホームズは実感のこもった声で言った。

「さて、皆さん」取調官がおごそかな口調で言葉をはさんだ。「決まりにのっとって法の手続きを進めなければなりません。木曜日に被疑者は治安判事のもとへ出頭しますが、そのときには皆さんにも立ち会っていただくことになるしょう。それまで被疑者の身柄は本官が責任を持って預かります」取調官がベルを鳴らし、ジェファースン・ホープは二名の看守に連れていかれた。一方、私はホームズとともに警察をあとにして、辻馬車でベイカー街へ帰った。

第7章　結末

私たちは全員、木曜日に治安判事裁判所へ出廷せよとの通知を受け取った。しかし木曜日が来ても、私たちが証言台に立つことはなかった。事件はいと高き審判者の手にゆだねられ、ジェファースン・ホープはどこよりも厳正な裁きが下される天へと召されていったのである。逮捕された日の晩に動脈瘤《どうみやくりゆう》が破裂し、翌朝、独房の床に死んで横たわっているのが発見された。顔には穏やかな笑みが浮かび、充実した人生と立派に果たした使命を振り返りつつ、満足して息を引き取ったのだろうと察せられた。

「ホープに死なれて、グレグスンとレストレイドは心中穏やかじゃないだろうね」次の晩、下宿で事件のことを話し合っていたとき、ホームズが言った。「自分たちの華々しい活躍ぶりを誇示する機会がなくなったんだから」

「今回の事件では二人ともたいした成果はあげてないと思うけどなあ」私は言った。

「実際にどれだけ成果をあげたかなんて、連中にすればどうでもいいことなんだよ」ホームズは苦々しげに切り返した。「要は、自分たちの手柄だと世間に信じこませることができるかどうかなんだ」少し間をおいてから、朗らかな口調に変わって続けた。「ま、どうでもいいさ、そんなものは。こういう事件の調査なら条件を問わず大歓迎だからね。覚えているかぎりでは、これほど面白い事件にはお目にかかったことがないよ。単純でありながら、意義深い重要な特色がいくつも含まれていた」

「単純だって！」私は思わず叫んだ。

「ああ、そうだとも。ほかに形容のしようがない」ホームズは驚いている私を見て、くすくす笑った。「この事件が本質的に単純そのものだったなによりの証拠に、僕はごくわずかな当たり前の推理だけをもとに、三日以内に犯人をつかまえたじゃないか」

「そうだね」と私。

「前にも説明したように、奇異な事柄はつねに推理の妨げどころか手がかりになってくれる。今回の事件を解決するにあたって最も肝心なのは、逆向きに遡《さかのぼ》って推理する能力だ。これは大いに役立つうえ、すこぶる簡単に身につく術でもあるんだが、一般にはあまり活用されていない。日常の出来事は推理を前に向かって進めるほうがなにかと便利だから、後戻りすることはおろそかにされがちなんだ。割合にすると、総合的に推理できる者が五十人いるとすれば、分析的に推理できる者はたった一人しかいない」

「正直言って、話についていけないんだが」

「まあ、無理もないだろうね。どう説明すればわかりやすいかな。ええと、たとえば、事の成り行きを細大漏らさず聞かされた場合、どんな結末に行き着くかはたいがいの者がわかるはずだ。一連の出来事を頭のなかで総合すれば、それらが次にどこへつながるかは容易に推測できるからね。ところが、結末しか聞かされていない状態で、そこへいたるまでの経緯を深い思考によって論理的に導きだせる者はめったにいない。これが僕の言う逆向きに推理する能力、すなわち分析的推理力なんだ」

「なるほど、よくわかったよ」

「で、今度の事件だが、まさしく結末だけがわかっていて、それ以外の部分はすべて自力で解明しなければならなかった。僕がどういう段階を踏んで推理していったか、いまからきみに披露したいと思う。まずは発端からだ。例の空き家へ歩いて向かったときの僕は、言うまでもなく頭のなかはまっさらな状態で、よけいな考えはいっさい捨てていた。そして当然ながら、調査は家の前の道路からさっそく始めていた。あのとき路上にくっきりと残っている馬車の轍《わだち》を見つけたことは、きみも知ってのとおりだ。聞き込みから、それは夜間にできたものだと確認できたし、さらに車輪の幅が狭いので自家用ではなく辻馬車であることも判明した。ロンドンの通常の辻馬車は、自家用の四輪箱馬車より幅がずっと狭いからね。

これが第一の収穫だ。次に庭の小道をゆっくりたどっていくと、たまたま地面の土は足跡がはっきりとわかる粘土質だった。きみにはただの踏み荒らされたぬかるみにしか見えなかっただろうが、僕のように訓練を積んだ人間が観察すれば、地面の足跡ひとつひとつから意味をくみ取れるんだ。そもそも探偵学において、足跡の研究ほど重要でありながら、なおざりにされている分野はないよ。幸いにして、僕は日頃からそれを重視し、実地訓練を重ねてきたから、いまでは第二の天性と言えるくらい足跡の見極めに長《た》けている。話を戻すが、あの庭の小道には警官が残した大きな深い靴跡にまじって、それより前に庭を通り抜けていった二人の男の足跡が見分けられた。上から警官の靴跡に踏まれてところどころ消えかかっていたから、二人の男のほうが先にそこを通ったのは明らかだ。こうして第二の手がかりが得られた。そこから推測されるのは、問題の空き家には夜のあいだ二人の訪問者があり、一人は歩幅から判断してかなりの長身、もう一人は小さなしゃれた深靴を履いているから流行《りゅうこう》の身なりをしているだろうということだった。

この最後の部分が正しかったことは、家に入ってすぐに証明された。粋《いき》なエナメル靴を履いた男が床に倒れていたからだ。となると、もし他殺ならば、残る長身の男が殺人犯と考えていいだろう。死体にはどこにも外傷がなかったが、あの恐怖にゆがんだ表情からすると、おのれの死を予期していたにちがいない。心臓麻痺《まひ》などの突然の自然死だったら、あそこまですさまじい形相にはならないだろう。口のあたりを嗅《か》いでみると、かすかに酸っぱい匂いがしたので、毒を無理やり飲まされたのだと確信した。無理やりだと判断した根拠は、やはりあの憎しみと恐怖がまざまざと浮かんだ顔だ。僕はこうした結論を消去法によって導きだした。つまり、事実に符合する仮説はそれ以外にはありえないんだ。べつに驚くようなことじゃないさ。前代未聞の稀有《けう》な事件ってわけではないんだからね。犯罪史をひもとけば、無理やり毒を飲ませた前例はいくらでも出てくる。毒物学者なら、オデッサのドルスキー事件やモンペリエのルトリエ事件あたりを即座に思い浮かべるだろう。

さあ、そうなると今度は、殺人の動機という大きな壁が立ちふさがる。奪われたものはなにもなかったから、強盗目的ではない。じゃあ政治的な反目か？　それとも女性をめぐるいさかいか？　これはけっこう難問だったが、最初から後者だろうとみていた。政治がらみの暗殺なら、手早く目的を遂行して速やかに逃走するはずだ。ところが、この殺人はたっぷり時間をかけておこなわれているし、部屋中に犯人の足跡が残っているから、犯行後も現場にしばらくとどまっていたと思われる。ここまで念の入った報復となれば、動機は政治ではなく個人的な怨恨《えんこん》と考えたほうがよさそうだ。あとで壁の血文字が発見されると、僕のなかではますます怨恨説が濃厚になった。あの文字が目くらましであることは火を見るより明らかだからね。もっとも、指輪が見つかったことで動機の問題はあっさりけりがついたわけだが。犯人は被害者にその指輪を見せ、すでに死亡したか、それに近い状態にある女性を思い起こさせようとしたにちがいない。僕があのときグレグスンに、クリーヴランドへ打った電報でドレッバーの過去について具体的な質問をしたかと尋ねたのはそういうわけなんだ。覚えていると思うが、していないという返事だったね。

それから僕は室内をしらみつぶしに調べてまわった。その結果、思ったとおり犯人は長身だとわかり、さらにトリチノポリ葉巻を吸っていて、手の爪が長く伸びているという具体的な手がかりを得られた。床一面に撒《ま》き散らされていた血液は、格闘の形跡がないのだから、犯人が興奮して流した鼻血だろうとにらんでいたが、血痕《けっこん》を注意深くたどったところ果たしてそのとおりだったよ。犯人の足跡とぴったり同じ軌道を描いていたんだ。しかし、いくら激しく興奮しても、よほど多血質の人間でないかぎり、あんなに大量の鼻血は出ないだろう。だから、犯人はおそらく血気盛んな赤ら顔の男だろうと思い切った推論を出したんだ。正しかったことはのちに判明した事実から立証されたね。

空き家を出たあと僕が真っ先に取りかかったのは、本来それをやるべきグレグスンが怠った作業だった。クリーヴランドの警察署長に電報を打って、イーノック・ドレッバーの婚姻にまつわる事情を問い合わせたんだ。返信は決定的な内容だった。なんとドレッバーは、ジェファースン・ホープという昔の恋敵につけねらわれていると訴えて、警察に保護願いを出していたんだ。しかもそのホープなる男は現在ヨーロッパにいるという。さあ、これで謎を解く鍵《かぎ》は手に入れた。あとは犯人をつかまえるのみだ。

このとき僕の頭にはひとつの確信があった。それは、ドレッバーと一緒に空き家へ入っていったのは、やつを乗せてきた辻《つじ》馬車の御者にほかならないということだ。根拠を示そう。路上には馬がいかにも勝手に歩きまわったらしい跡が残っていたが、御者がそばにいればありえないことだ。では御者はどこにいたのか。家のなか以外に考えられないだろう？　そして犯人が正気なら、すぐそばに第三者がいる状況で、わざわざ凶行に及ぶような愚かなまねはしないはずだ。即刻、警察へ通報されるに決まっているからね。最後にもうひとつつけ加えると、もしロンドンで誰かを尾行しようと思ったら、辻馬車の御者になるのが一番好都合なんだよ。こうしたもろもろのことを考え合わせ、ジェファースン・ホープはロンドンで辻馬車の御者に紛れこんでいるはずだという結論に達したのさ。

犯行前から御者稼業だったとすれば、まだ辞めていないと考えるのが理にかなっているだろう。急に辞めたりしたらかえって怪しまれやしないかと不安に思い、当分は続けるはずだ。また、偽名を使っているとは考えにくい。本名を誰にも知られていない土地で、御者がわざわざ名を偽る必要はこれっぽっちもないからね。そこで宿無し少年の探偵団を総動員し、ロンドン中の辻馬車屋へ送りこんだ。そしてまんまと目的の人物を捜しあてたわけだ。あの子たちがいかに機動力を発揮したか、僕がそれをいかに敏速に活用したかは、きみもよく覚えているだろう。スタンガスン殺しはまったく予想外の出来事だったが、どっちみち避けられなかったと思うね。知ってのとおり、あの事件のおかげで僕は丸薬を手に入れることができた。あれはきっとあるはずだと予測していたんだよ。さあ、これですべての環《わ》がそろい、一点の矛盾もない完璧《かんぺき》な論理の鎖ができあがっただろう？」

「すばらしい！」私は感嘆のあまり勢いこんで言った。「きみの功績は世間に幅広く知らせるべきだ。事件の詳細を記録して、公表したらどうだい？　きみにその気がないなら、ぼくが代わりにやるよ」

「好きなようにするといい、ワトスン。だがその前にこれを読んでごらん！」ホームズが新聞をよこして続けた。「ほら、ここだ！」

それはその日の《エコー》紙で、ホームズが指差した欄には今回の事件に関する記述があり、内容は次のようなものだった。

イーノック・ドレッバー氏およびジョゼフ・スタンガスン氏殺害の容疑で逮捕されたジェファースン・ホープの急死により、巷《ちまた》で吹き荒れていた興奮と熱気の嵐は突然終息を迎えた。これで事件の真相が隅々まで明かされることは永久になくなったが、信頼できる情報筋によれば、犯行の動機は恋愛とモルモン教がからんだ昔の色恋沙汰《ざた》をめぐる私怨《しえん》とのこと。被害者は両氏とも若かりし頃はモルモン教徒だったと思われ、死亡した容疑者ホープもソルトレイク・シティの出身である。ともあれ、今回の事件でひとつ明言できるのは、わが国の警察がめざましい活躍を見せ、高い捜査能力をいかんなく発揮したということだ。外国人にとって、果たし合いをイギリスへ持ちこむべからず、恨みつらみは自国で晴らすべし、との良き教訓になるであろう。すでに公然たる事実であるが、このたび速やかに犯人逮捕にいたったのは、ひとえにスコットランド・ヤードの名刑事、レストレイド警部ならびにグレグスン警部の奮闘のたまものである。漏れ聞くところによれば、逮捕劇はシャーロック・ホームズなる人物の家でおこなわれたが、同氏も素人探偵なりに才能の片鱗《へんりん》をうかがわせたようなので、今後、優秀な二人の警部を師と仰いで研鑽《けんさん》すれば、両名に多少は近づけるのではないかと期待する。なお、今回の功績をたたえられ、両警部は近く表彰される予定。

「ほら、僕が初めに言ったとおりだろう?」シャーロック・ホームズは笑いながら快活に言った。「僕らの『緋色《ひいろ》の研究』は、終わってみればこのありさまだ。成果は両刑事の表彰だけだったよ!」

「いや、心配には及ばない」私はそう請け合った。「事件のことは細大漏らさず日記につけてあるから、いずれ世間に発表する。だがそれまでは、一人で成功に酔いしれるよりほかないだろうな。ホラティウスの詩に出てくるローマの守銭奴みたいにね。つまりこうだよ。『世間はわたしを非難する。しかし、わたしはわが家で箱のなかの金銀を眺めつつ自分を誇らしく思う』」

訳者あとがき

コナン・ドイル作『緋色の研究』*A Study in Scarlet* の全訳をお届けします。

原著は一八八七年に「ビートンズ・クリスマス・アニュアル」という年刊書に掲載され、翌一八八八年に単行本として刊行されました。名探偵シャーロック・ホームズと相棒ジョン・H・ワトスンの物語はこうして幕を開け、以後現在にいたるまで世界中の老若男女に愛されています。映画、テレビドラマ、舞台劇、パスティーシュ、コミック、アニメ等々、ホームズとワトスンを題材にした作品がいまなお各国で続々と誕生しているのがそのなによりの証拠です。おかげで、ホームズとワトスンの冒険譚《たん》にはさまざまな形で親しめるわけですが、原点である『緋色の研究』をしっかりおさえておけば、楽しさは百倍にも千倍にもふくらむでしょう。なんといっても、この作品で、若いホームズとワトスンは初めて知り合うのですから。一八八一年のヴィクトリア朝ロンドンを舞台に、途中、事件の背景にある歴史をはさんで、二人の出会いから記録者ワトスンの誕生までをたどっていく物語なのです。

内容に少し詳しく触れます。

世界でただ一人の諮問探偵ホームズは、凄惨《せいさん》な殺人事件をめぐって、スコットランド・ヤード（ロンドン警視庁）のレストレイド警部やグレグスン警部と腕比べをします。ホームズと警察との関係は微妙で、両警部はホームズを頼りにしながらも、皮肉や軽蔑《けいべつ》の念をちらつかせることしばしばです。対照的に、同居人であるワトスンはホームズの能力を信じ、精神面で支えます。人間に興味のあるワトスンにとって、最初のうち個性的で謎めいたホームズは研究対象でしかありませんでしたが、じきにたぐいまれな才能に圧倒され、同時に二人の距離はぐっと縮まりました。緊迫した事件捜査の陰で、ホームズがワトスンに鼓舞されて重い腰を上げる場面や、ワトスンの褒め言葉にうぶな少年のようにはにかむ姿は、いっそうほほえましく感じられます。ワトスンの記述にあるように、当時のロンドンは〝大英帝国の隅々から暇をもてあました有象無象が流れこんでくる、巨大な汚水溜めともいうべき大都会〟でしたから、二人の友情はささやかな奇跡と呼べるでしょう。

もっとも、〝巨大な汚水溜め〟のごときロンドンとはいえ、殺人事件が発生すれば警察はただちに捜査に乗りだし、犯罪者はとらえられ裁かれます。第Ｉ部第５章でワトスンも言っているように、〝いかなる事情であれ、正義はおこなわれるべきだとわかっている。

たとえ被害者が悪行のかぎりを尽くしていようと、彼を殺した者は法の裁きを受けなければならない〟のです。

ところが現実には、法の執行機関が機能していない土地に暮らす人々もいました。その対比を浮き彫りにした構成は本書の重要な特徴といえるでしょう。栄華と喧噪《けんそう》の街ロンドンから一転、無法地帯だった十九世紀半ばのアメリカ西部へ舞台を移し、壮烈な冒険ロマンが展開されるのです。荒々しい大自然のもとでは、人はつねに死と隣り合わせ。結束しなければ生きていけません。しかし帰属する組織の掟《おきて》が過酷であれば、死を覚悟のうえで背こうとする者も出てきます。第II部で語られるのは、そうして人生を狂わされた者たちの悲劇です。その余韻は場面がロンドンに戻っても漂い続け、哀愁をまとった結末へとわたしたちをいざないます。

コナン・ドイルが書いたホームズものは全部で六十篇（短篇五十六、長篇四）です。今回、本書をお読みになり、彼らの性格や暮らしぶりや名言について記憶を新たにされた方々が、他のホームズ小説はもちろん、関連書や映像を存分に楽しまれることを願っています。今年はガイ・リッチー監督のホームズ映画第二弾「シャーロック・ホームズ　シャドウゲーム」が間もなく日本で公開となりますし、BBC制作のドラマ「シャーロック」もシリーズ2がすでに本国イギリスで放送され、シリーズ1と同様、日本での放送が大いに期待されます。まさにホームズの当たり年ですね。角川文庫より既刊の第一短篇集『シャーロック・ホームズの冒険』、第二短篇集『シャーロック・ホームズの回想』も胸躍る作品が盛りだくさんですので、お手に取っていただければ幸いです。

最後に、角川書店の津々見潤子氏と校閲の方々には大変お世話になりました。この場を借りて深く感謝いたします。

二〇一二年二月

駒月雅子

本書の中には、モルモン教と呼ばれる末日聖徒イエス・キリスト教会の描写に、誤った認識に基づく不適切な表現があります。翻訳に際しては十分な注意を払いましたが、原著が発表された一八八七年という時代と、著作者人格権の尊重という観点から、作品を成立させるために必要な個所につきましては原文どおりにしました。（編集部）

緋色《ひいろ》の研究《けんきゅう》

コナン・ドイル

駒月雅子《こまつきまさこ》=訳

角川文庫 17277

平成二十四年二月二十五日　初版発行

発行者―井上伸一郎

発行所―株式会社角川書店
東京都千代田区富士見二―十三―三
電話・編集（〇三）三二三八―八五五五
〒一〇二―八〇七八

発売元―株式会社角川グループパブリッシング
東京都千代田区富士見二―十三―三
電話・営業（〇三）三二三八―八五二一
〒一〇二―八一七七
http://www.kadokawa.co.jp

印刷所―暁印刷　製本所―BBC

装幀者―杉浦康平

ト 16-3

ISBN978-4-04-298221-0　C0197

角川文庫発刊に際して

角　川　源　義

第二次世界大戦の敗北は、軍事力の敗北であった以上に、私たちの若い文化力の敗退であった。私たちの文化が戦争に対して如何に無力であり、単なるあだ花に過ぎなかったかを、私たちは身を以て体験し痛感した。西洋近代文化の摂取にとって、明治以後八十年の歳月は決して短かすぎたとは言えない。にもかかわらず、近代文化の伝統を確立し、自由な批判と柔軟な良識に富む文化層として自らを形成することに私たちは失敗して来た。そしてこれは、各層への文化の普及滲透を任務とする出版人の責任でもあった。

一九四五年以来、私たちは再び振出しに戻り、第一歩から踏み出すことを余儀なくされた。これは大きな不幸ではあるが、反面、これまでの混沌・未熟・歪曲の中にあった我が国の文化に秩序と確たる基礎を齎らすためには絶好の機会でもある。角川書店は、このような祖国の文化的危機にあたり、微力をも顧みず再建の礎石たるべき抱負と決意とをもって出発したが、ここに創立以来の念願を果すべく角川文庫を発刊する。これまで刊行されたあらゆる全集叢書文庫類の長所と短所とを検討し、古今東西の不朽の典籍を、良心的編集のもとに、廉価に、そして書架にふさわしい美本として、多くのひとびとに提供しようとする。しかし私たちは徒らに百科全書的な知識のジレッタントを作ることを目的とせず、あくまで祖国の文化に秩序と再建への道を示し、この文庫を角川書店の栄ある事業として、今後永久に継続発展せしめ、学芸と教養との殿堂として大成せんことを期したい。多くの読書子の愛情ある忠言と支持とによって、この希望と抱負とを完遂せしめられんことを願う。

一九四九年五月三日

角川文庫海外作品

シャーロック・ホームズの冒険　コナン・ドイル　石田文子＝訳

科学者より幅広い知識を持ち、犯罪者より危険で変装の名手。警察をも出し抜く捜査方法で数々の難事件を解決する名探偵の活躍を描く決定版新訳。

シャーロック・ホームズの回想　コナン・ドイル　駒月雅子＝訳

名探偵ホームズと宿敵モリアーティ教授との死闘を描いた「最後の事件」を含む第2短編集。クールでニヒルな名探偵の魅力を最高の新訳で！

燃える天使　柴田元幸＝編訳

蠟燭の炎に浮かびあがる仄暗い部屋で息をこらす一人の男。鮮烈な印象を残す表題作の他、記憶に刻みつけられる、必読の傑作短編13篇を収録。

犬の力（上）（下）　ドン・ウィンズロウ　東江一紀＝訳

DEA捜査官、南米麻薬カルテルの一味、殺し屋、そして高級娼婦。彼らが織りなす血塗られた抗争を圧倒的な迫力で描く復讐と裏切りのサーガ。

フランキー・マシーンの冬（上）　ドン・ウィンズロウ　東江一紀＝訳

かつてその見事な手際から〝フランキー・マシーン〟と呼ばれた伝説の殺し屋フランク・マシアーノが嵌められた罠とは──。

フランキー・マシーンの冬（下）　ドン・ウィンズロウ　東江一紀＝訳

ギリギリの逃亡劇の中、フラッシュバックする記憶をふるいにかけるフランク。いったい誰が彼を嵌めたのか。残された時間はあと僅か──。

夜明けのパトロール　ドン・ウィンズロウ　中山宥＝訳

夜明けのサーフィンをこよなく愛する探偵ブーンとその仲間たち。二十年ぶりの大波の到来が迫る中、ブーンに厄介な依頼が舞い込む。

角川文庫海外作品

蟻
ウェルベル・コレクション Ⅰ
ベルナール・ウェルベル
小中陽太郎＋森山隆＝訳
住人が次々と消える謎のアパート。地下に潜入した救助隊が苦難の末に見つけた蟻たちの衝撃の世界とは?! 傑作サイエンス・ファンタジー。

蟻の時代
ウェルベル・コレクション Ⅱ
ベルナール・ウェルベル
小中陽太郎＋森山隆＝訳
化学者ばかりが狙われる謎の連続密室殺人事件が発生。一方森の奥の蟻の帝国では十字軍が組織される。生態系の敵・人間を絶滅させるために。

蟻の革命
ウェルベル・コレクション Ⅲ
ベルナール・ウェルベル
永田千奈＝訳
前代未聞の殺人アリ裁判が厳かに開廷された。社会を揺るがす衝撃の結末とは！ 幻の名作と呼ばれていた待望のシリーズ完結編がついに登場！

壜の中の手記
ジェラルド・カーシュ
西崎憲ほか＝訳
アンブローズ・ビアスの失踪という文学史上最大の謎を題材にした無気味な表題作をはじめ、異色作家の奇想と捻れたユーモアに満ちた傑作短編集。

骨とともに葬られ（上）
ジェニファー・リー・キャレル
布施由紀子＝訳
オークションに出せば何億もの値がつくといわれる世界で最も貴重なシェイクスピア戯曲集初版本をめぐり、今、時を超えた争奪戦が始まる！

骨とともに葬られ（下）
ジェニファー・リー・キャレル
布施由紀子＝訳
シェイクスピア作品の本当の作者の正体とは？ 歴史を覆す驚きと興奮、トリビアと刺激に満ちあふれたノンストップ歴史エンタメ・ミステリ！

純粋理性批判殺人事件（上）
マイケル・グレゴリオ
羽田詩津子＝訳
19世紀ケーニヒスベルクを恐怖に陥れた連続殺人事件。若き判事に助けの手を差し伸べたのは世紀の哲学者カントだった！ 壮大な歴史ミステリ。

角川文庫海外作品

純粋理性批判殺人事件（下）
マイケル・グレゴリオ
羽田詩津子＝訳

跪いた死体に残された唯一の手掛かり「悪魔のかぎ爪」を追うカントは、目撃者アルビノの助産婦にたどり着くが…。話題の大型新人デビュー作！

贖罪の日々（上）
マイケル・グレゴリオ
羽田詩津子＝訳

19世紀初頭、占領下のロッティンゲンの町で発生した3人の子供の虐殺事件。今は亡き哲学者カントの薫陶を受けた予審判事ハノが事件に挑む！

贖罪の日々（下）
マイケル・グレゴリオ
羽田詩津子＝訳

駐留軍のフランス士官やプロイセン軍の残党たちの思惑が入り乱れ、遅々として進まない捜査。正義を求めるハノの孤独な戦いが始まった！

Xの悲劇
エラリー・クイーン
越前敏弥＝訳

聴力を失った元シェイクスピア俳優レーン氏が緻密な謎解きを繰り広げる本格ミステリの不朽の名作、20年ぶりの決定版新訳！　解説・有栖川有栖

Yの悲劇
エラリー・クイーン
越前敏弥＝訳

ドルリー・レーンの推理が明かす思いもよらない犯人とは？　長く読み継がれるミステリ史上最高の傑作を、読みやすい新訳で。解説・桜庭一樹

Zの悲劇
エラリー・クイーン
越前敏弥＝訳

サム元警視の娘ペイシェンスとドルリー・レーンは、真犯人をあげ、無実の男を救うことができるのか。疾走感溢れるミステリ。解説・法月綸太郎

レーン最後の事件
エラリー・クイーン
越前敏弥＝訳

七色の髭の依頼人、消えた警備員、稀覯本のすりかえ。そしてついにミステリ史上最も有名な「意外な犯人」現る！　新訳・悲劇の四部作ついに完結。

角川文庫海外作品

アナンシの血脈（上）
ニール・ゲイマン
金原瑞人＝訳
何をやっても冴えないチャーリーが父の葬儀の日に衝撃の事実を聞かされる。父は神だったって?! 神話の血脈に連なる青年が巻き込まれる大事件！

アナンシの血脈（下）
ニール・ゲイマン
金原瑞人＝訳
神の血を色濃く受け継いだ双子のきょうだいが現れてチャーリーの人生は音をたてて崩れはじめるが…。サスペンスフルなダーク・ファンタジー！

笑う警官
M・シューヴァル
P・ヴァールー
高見浩＝訳
バスの中には軽機関銃で射殺された八人の死体が……。アメリカ推理作家クラブ最優秀長編賞を受けた、謎解きの魅力に溢れる傑作。

トウェイン完訳コレクション
アーサー王宮廷のヤンキー
マーク・トウェイン
大久保博＝訳
ハンクが昏倒から目覚めると、そこは中世円卓の騎士の時代だった！ 科学の知識で、魔術師マーリンに対抗するSFの元祖と呼ばれる冒険譚。

トウェイン完訳コレクション
不思議な少年44号
マーク・トウェイン
大久保博＝訳
ぼくは44号です。印刷工房にやってきた記憶のない少年が巻き起こす事件を描く異色の物語。改竄された版ではなく真作を名翻訳で贈る幻の名作！

運命の書（上）
ブラッド・メルツァー
越前敏弥＝訳
アメリカ合衆国大統領専用車を一発の銃弾がつらぬいた。8年後、信じられないものを目にした大統領補佐官のウェスは、命を狙われ始める……。

運命の書（下）
ブラッド・メルツァー
越前敏弥＝訳
フリーメイソンの謎と、アメリカ第3代大統領ジェファーソンの残した暗号をめぐる、全米第1位を獲得した迫力のノン・ストップ・サスペンス！